Roman von Martina Bohr

Die SichtWAise

Nur einen Augenblick entfernt von der Realität

Neuauflage und Fortsetzungsroman von

Die Wunderforscherin

Nur eine Idee entfernt von der Wirklichkeit

Die SichtWAise

Nur einen Augenblick entfernt von der Realität

Roman
von
Martina Bohr

Für meine beste Freundin und
meine lieben Schwestern

ISBN: 9783758371080
Herstellung und Verlag:
BoD - Books on Demand, Norderstedt

Neuauflage

Martina Bohr (ehem. Mußmann)
Neu überarbeitet: ©2024
Layout Buchcover: Martina Bohr
Cover Foto: fotolia.de

Prolog
Anna im Interview

„Frau Verderstett, ich heiße Sie in meiner Sendung herzlich willkommen. Seit Monaten machen Sie und Ihre Geschäftspartnerin Frau Benedikt, als Gründerinnen von >Die Wunderforscherin< positive Schlagzeilen in allen bekannten Zeitungen. In vielen Sendungen wurde bereits über >Die Wunderforscherin< ausführlich berichtet. Einige Zuschauer wissen vielleicht schon, worum es sich bei Ihrer >Die Wunderforscherin> handelt. Könnten Sie dennoch für die Nichtwissenden >Die Wunderforscherin< kurz beschreiben und berichten, was sich dahinter verbirgt?"

Anna grinste, nahm die gefalteten Hände auseinander und legte sie auf die Stuhllehne, so als wollte sie sich aus dem Sitz erheben, um eine Beschreibung abzugeben. Doch sie blieb sitzen und sagte: „Meine Kollegin, die wahrlich nicht auf den Mund gefallen ist, könnte mit einem Satz sagen, was >Die Wunderforscherin< nicht ist."

„Und was wäre das, ich meine natürlich, was wäre sie nicht?", fragte Thomas mit einem angriffslustigen Unterton in der Stimme.

„Zitat meiner Kollegin könnte wie folgt lauten:

„>Die Wunderforscherin> ist keine Person."

„Ja, das ist wahrlich sehr kurz. Sagt dennoch nicht, was wohl alle mehr interessiert, nämlich, was sie ist."

Er grinste etwas gequält. Anna schaute ihn verwundert an, als wollte sie sagen ,ich habe nur einen Witz gemacht, ist schon gut. Bleib mal locker Thomas.

Er spürte ihren Blick und forderte sie mit einem Nicken auf, mit der Beschreibung fortzufahren.

Anna überlegte. Sie war auf die Fragen vorbereitet, auch hatte sie in anderen Interviews bereits mehrmals auf diese Fragen geantwortet. Thomas brachte sie kurz aus dem Konzept, weil er anscheinend keinen Spaß verstand und viel zu festgebissen auf eine klassische Antwort gewartet hatte.

Anna fing sich schnell wieder und sagte:

„Herr Riebering, Sie haben natürlich vollkommen recht. Die Antwort hätte ich auch so nicht im Raum stehen gelassen. Zudem wäre das auch für Sie nicht von Vorteil, nehme ich an oder haben Sie noch einen Interviewpartner, der die restliche Sendezeit füllt?"

Nach einer kurzen Bedenk Pause sprach sie weiter.

„Bei der Wunderforscherin handelt es sich um eine Zeitschrift oder besser ausgedrückt um ein Magazin."

„Es handelt sich doch bestimmt nicht um ein gewöhnliches Magazin, wie wir es an jedem Kiosk finden, mit den neuesten Kochrezepten, Deko-Vorschlägen oder Trendmoden und Trendfrisuren?", fragte er provozierend.

„Nein, das ist sie wahrlich nicht. Sie haben soeben genau beschrieben, was in dieser Zeitung keinen Platz bekommt. Wobei Deko, Trendkleidung und Frisuren nicht unwichtig sind. Dennoch gehören diese eher in die Schublade - oberflächlich."

„Wenn Sie dies so äußern, sagt man Ihnen dann auch gerne nach, Sie seien arrogant?"

„Nein, das glaube ich nicht, wer uns kennt, der wird wissen, was ich meine. Allen, die es genauer wissen wollen, rate ich, unser Magazin einmal zu lesen. Auch ohne Trendy News ist bestimmt für jeden etwas dabei."

„Wollen Sie damit sagen, dass Sie mit Ihrem Magazin jeden Geschmack treffen?"

„Bei einer Seitenzahl, die gelegentlich zwischen achtzig und einhundert Seiten variiert, zusätzlich eingeteilt ist in zehn bis fünfzehn unterschiedlichen Themen, denke ich das schon. Unsere Zielgruppe heißt Mensch, nicht Auto, Haus oder Garten."

„Das klingt gut, Frau Verderstett, was glauben Sie, warum die Auflage Ihrer Zeitung stetig wächst?"

Anna zog die Augenbrauen hoch, als wartete sie noch auf einen Nachsatz, dann bemerkte sie, es kam kein Nachsatz von Thomas, somit antwortete sie nur knapp mit einem fragenden Tonfall, als sei die Frage von Thomas selbstbeantwortend.

„Wegen der ständig wachsenden Zahl unserer Leser?!"

„Sie haben schon von ihrer Kollegin gelernt, stelle ich gerade fest. Ich habe mich missverständlich ausgedrückt. Bitte verzeihen Sie. Ich wollte für unsere Zuschauer in Erfahrung bringen, ob es ein Geheimrezept gibt oder eine Strategie, mit der Sie die Menschen erreichen?"

„Wenn es ein Geheimrezept gäbe, dürfte ich es Ihnen nicht verraten, aber ich kann Sie beruhigen, das gibt es nicht. Ich denke, es ist die Menschlichkeit, mit der wir die Berichte niederschreiben. Alle Berichte beruhen auf wahren Begebenheiten und sind sehr authentisch. Das ist es doch, was die Leser wollen."

„Nun, Sie haben im Tageslichtreport auch authentische Berichte geschrieben. Sie müssen schon zugeben, dass missglückte Operationen und Scheidungen ebenso menschlich sind.

In erster Linie sehen Kritiker, wie die Schaulust der Menschen gleichwohl in den Berichten der Wunderforscherin unter Umständen genau zu derselben hohen Auflage führen kann, wie beim Tageslichtreport. Gesetzt den Fall die Geschichten im Anschluss gehen gut aus. Die einen oder anderen an Krebs erkrankten Personen konnten unter Umständen nicht von einer Wunderheilung sprechen beziehungsweise berichten. Sagen wir einmal so, für viele gibt es trotz solcher wunderschönen Plätze, wie Lourdes und andere, keine Heilungschancen. Vielleicht sind sie trotz eines Besuches dort, ihrem Leiden erlegen. Berichten Sie auch von diesen Fällen? Die Berichte wären dann unter Umständen wieder ähnlich wie im Tageslichtreport und würden Schaulustige heranziehen. Sehe ich das falsch?"

„Herr Riebering, ich erkenne hier das dringende Bedürfnis, in dieser Sendung den Zielen der Wunderforscherin näher auf den Grund zu gehen. Rührt dieses Bedürfnis aus der Allgemeinheit oder handelt sich hier eher um ein rein persönliches Bedürfnis, dies in Erfahrung zu bringen?"

„Gott bewahre, ich bereite mich selbstverständlich gut auf meine Interviewpartner vor und habe gründlich recherchiert. Seit langem verfolge ich die Aussagen der Kritiker. Neben sehr vielen positiven Aussagen war meine soeben gestellte Frage ein oft auftauchender und berechtigter Kritikpunkt.

Meine ganz persönlichen Fragen an Sie, liebe Frau Verderstett, würde ich nimmer auf dieser öffentlichen Plattform mit Ihnen diskutieren."

Sein letzter Satz wurde von einem frechen Grinsen untermalt.

Anna wich leicht zurück, als hätte Thomas ihr einen Ball gegen die Brust geworfen. Sie beruhigte sich schnell wieder und dachte, lass dich jetzt bloß nicht aus dem Konzept bringen. Dennoch ließ ihr Kopf sie gerade nicht klar denken. Nun beschäftigte sie nur eines, was würde Thomas sie fragen, falls die Öffentlichkeit nicht zusehen und zuhören würde? Sie fasste sich und versuchte bestmöglich seine Frage zu beantworten:

„Die Idee zu dieser Zeitung ist mit dem Wunsch entstanden, etwas zu ändern. Wir wollten das Unbehagen, welches durch die Berichterstattungen in der anderen Zeitung immer weiter in uns wuchs, beenden. Dazu brauchte es Ideen, die sich realistisch umsetzen ließen. Wir hatten anfangs gedacht, dass wir nicht so viel Positives tagtäglich zusammentragen könnten. Es gab im Anschluss Berichte aus allen Richtungen, die uns veranlassten, aus einigen, wieder neue Ideen zu generieren. Wir haben uns auf eine positive Berichterstattung festgelegt. Und ja, wir sind auf Leser angewiesen. Aber ich denke, es gibt einen großen Unterschied, ob ich jemanden bei einem Nachbarschaftsstreit über die Schulter schaue, weil ich hoffe, es wird reichlich schmutzige Wäsche gewaschen oder ob ich mich dafür entscheide, Berichte zu lesen, in denen es um Heilung, Rettung, Freundschaft, der Neueinrichtung einer Herzklinik für Kinder geht oder von einer Aktion zu lesen, die da heißt von Herz zu Herz und vielen anderen mehr."

„Irgendwie klingt es märchenhaft, das müssen Sie schon zugeben. Meinen Sie, jede Konzeptidee lässt sich so einfach umsetzen wie >Die Wunderforscherin<?"

„Das kann ich nicht beantworten. Es gibt Menschen, die meckern über alles und jeden. Mal ist es die Politik, die an allem Schuld hat, mal der Nachbar. Eine einfache Lösung wäre es doch, wer meckert geht in die Politik oder zieht einfach weg. Für den Fall, dass er etwas ändern will, soll er sich auf den Weg machen und schauen, ob er damit etwas ändern kann. Wenn wir etwas ändern möchten, dann dürfen wir nicht warten bis ein neues Zeitalter heranbricht. Wer den Mut hat, sollte ein neues Zeitalter schaffen. Dazu braucht es gute Ideen. Die, so denke ich, schon kommen, sofern man etwas ändern will und die Gedanken daran auch zulässt."

„Frau Verderstett, die ständig wachsende Auflage hat für ihre Redaktion weitere positive Nebenwirkungen. Einmal sollten wir lobend erwähnen, dass Sie durch ihr Magazin immer wieder neue Geschäftsideen hervorgebracht haben, so wie Sie es ja gerade wieder bestätigt haben. Daraus gingen neue Tätigkeitsfelder hervor, dies wiederum hat zur Folge, dass Sie viele neue Arbeitsplätze geschaffen haben. Zudem unterstützen Sie soziale Einrichtungen. Sie haben Spendenkonten eingerichtet für Hospize und viele andere Institutionen mehr. Wie kommt es, dass Sie so viel Energie für andere aufbringen, stoßen Sie da nicht selbst an ihre Grenzen?"

„Erst einmal möchte ich, für ein besseres Verständnis, darauf hinweisen, dass die Aufgaben nie zur gleichen Zeit auf uns einprasseln. Alles ist nach und nach entstanden und auch Stück für Stück gewachsen.

Zu jeder Aufgabe benötigten wir schließlich ebenfalls jemanden, der uns bei der Tätigkeit unterstützte oder diese Aufgaben oder einen Bereich gänzlich übernahm. Somit gab es, wie Sie sagen, mit jeder neuen Idee auch neue Arbeitsplätze. Durch unsere engagierten und motivierten Mitarbeiter können wir uns mit einem starken Team die Arbeiten wunderbar einteilen."

Thomas unterbrach Anna: „Eines ist gewiss, die Frauenquote bei Ihren führenden Mitarbeitern ist somit gesichert. Wie verhält es sich mit der Männerquote, wird diese von Ihnen berücksichtigt? Sofern dieses so ist, wie erreichen Sie das Ziel, beziehungsweise möchten Sie dieses erreichen? Ich meine, bevor Sie von den Gesetzen dazu verdonnert werden."

„Wir schlagen hier gleich zwei Fliegen mit einer Klappe. Eine Führungsposition sieht bei uns ein wenig anders aus, als in manch anderen Einrichtungen. Die Stelle wird geteilt und von einer Frau, sowie auch von einem Mann besetzt. Jeder arbeitet nur fünfundzwanzig Stunden. Hier wird beiden eine gute Organisation abverlangt, die es ermöglicht einen Bereich lückenlos zu leiten. Zudem kann hier eine Führungsperson durch Flexibilität, Organisationstalent, Einfühlungsvermögen und vielen Eigenschaften mehr, seine Qualitäten unter Beweis stellen. Dann zeigt sich sehr schnell, dass die Grundvoraussetzung für eine Führungsposition nicht nur von der Qualifizierung abhängig ist. Wir haben sozusagen ein Führungsgespann in jedem Bereich.

In der nächsten Ausgabe finden Sie unter anderem auch zu diesem Modell Erfahrungsberichte."

„Macht Sie das auf Dauer nicht arm?

Ich bitte Sie, eine Führungsposition gleich von zwei Mitarbeitern zu besetzen. Haben Sie die Lohnkosten da noch im Griff?"

„Herr Riebering, wie gesagt, unser Modell weicht stark von den herkömmlichen Modellen ab. Wir zahlen keine horrenden Gehälter, nur weil bei uns jemand zur Führungskraft aufgestiegen ist."

„Na ja, ab einer bestimmten Qualifikation hat ein Arbeitsuchender gewiss auch eine bestimmte Vorstellung von dem, was er verdienen möchte oder muss, wenn Sie sich bitte an die Diskussionen der Tariflöhne erinnern."

„Das stimmt, für die Gehälter der Angestellten ist ein angemessener Tarif festgelegt. Nach guter Einarbeitung wird er auch übertariflich bezahlt. Die Löhne unserer Führungskräfte sind nicht von Tarifen abhängig.

Mit den Gehältern können unsere leitenden Angestellten sehr zufrieden sein. Allerdings ist unser Modell weniger daran interessiert hohe Löhne zu verpulvern, als vielmehr darauf zu achten, familienfreundliche Arbeitsplätze und -Zeiten zu schaffen. Hier stellt sich die Frage, was man will, ein übertriebener Lohn und wenig Zeit oder ein gutes Einkommen für ein besseres Auskommen und das verbunden mit mehr Zeit, für was auch immer. Angenommen ich habe zudem die Wahl, dort zu arbeiten, wo ich mir die Zeiten nach Absprache mit meinem Team flexibel gestalten kann, dann ist jemand, der darauf Wert legt ein Managergehalt zu beziehen, in einem großen Konzern unter Umständen besser aufgehoben. Bei uns geht es nicht allein um eine Qualifizierung, sondern viel mehr um die Attribute, die ein Mitarbeiter besitzt und an entsprechender Stelle einsetzt. Wir geben hier Familienvätern und Müttern mit der entsprechenden Qualifikation die Möglichkeit im Geschehen zu bleiben."

„Was versprechen Sie sich davon?"

„Die Führungskräfte sind motiviert durch die Möglichkeit, ihr Berufsleben und ihr Familienleben unter einen Hut zu bekommen. Dabei sollten wir nicht vergessen und auf keinen Fall unterschätzen, wie wichtig es gerade heute ist, dass Paare Zeit haben, sich um ihre Partnerschaft zu kümmern."

„Das klingt gut und fast zu schön, um wahr zu sein, wenn ich mir dann auch noch die Planung Ihres hauseigenen Kita-Projektes anschaue. Wie bauen Sie das Projekt aus?"

„Da es sich im Aufbau und Ausbau befindet, möchte ich nur kurz den Hintergrund unserer Idee beschreiben. Wir wollen unseren Mitarbeitern durch die Einrichtung ermöglichen, in der Nähe der eigenen Kinder zu sein und ihnen somit einen Kitaplatz zusichern."

„Wird dieses nur zum Vorteil der eigenen Mitarbeiter eingerichtet oder wird diese Kita auch öffentlich sein?"

„Letzteres war unsere Idee, allerdings wird sie als öffentliche Einrichtung nicht unterstützt, somit müssen wir alles aus eigener Tasche finanzieren. Wir werden es den Eltern nicht zumuten können, weit über dreihundert Euro aufzubringen.

Derzeit stricken wir an einem lohnintegrierten Programm, welches die Kosten für die Betreuung auffängt und die jungen Eltern nicht zusätzlich belasten soll. Ein ähnliches Verfahren, wie bei der steuerlichen Gestaltung zu einem Firmenwagen."

„Klingt rund und jetzt wird's noch runder, fast sogar rosa!", Thomas grinste erst in die Kamera, dann Anna an.

„Da wir gerade von Löhnen und Mitarbeitern sprechen, kann ich nicht umhin, an dieser Stelle zu erwähnen, dass Sie Ihr ganz persönliches Programm entwickelt haben, um Ihre Mitarbeiter auszuwählen. Hier würde mich die Erfolgsquote nun wirklich auch persönlich interessieren", sprach Thomas, mit einem charmanten Lächeln in die Kamera, zum Publikum gewandt. Und fuhr mit seiner ironischen Art, dieses Interview zu führen, fort.

„Stellen Sie sich vor, Sie kommen zu einem Vorstellungsgespräch, ganz typisch erwarten Sie dort eine Dame oder einen Herrn in geschäftlicher Kleidung. Was Sie sehen, entspricht allerdings nicht Ihren Erwartungen, denn Sie werden von einer Jury begrüßt. Diese besteht aus einem Kind, einem Jugendlichen bis zu sechzehn Jahren, einer Frau mittleren Alters, einer oder einem Langzeitarbeitslosen und zwei älteren Personen im Alter von neunundsechzig bis achtzig Jahren.

Würden Sie auf dem Absatz umdrehen, weil Sie sich veräppelt fühlen oder sich vielleicht overdressed vorkommen, wenn Sie, vor einem Kind, im Anzug oder Kostüm ein Bewerbungsgespräch führen müssten? Vielleicht denken Sie auch, Sie seien als Kandidat der versteckten Kamera ausgewählt worden. Schon suchen Sie in Gedanken nach der Person, die Ihnen das angetan haben könnte und stellen sich vor, wie Sie diese, bei der nächsten Begegnung, würgen möchten.

Die jüngeren Bewerber unter Ihnen, fragen sich vielleicht, warum der Bohlen nicht in der Jury sitzt. Scherz beiseite, ganz ehrlich Frau Verderstett, wie kommt man auf so eine kuriose Idee?"

„So kurios ist diese Idee nicht. Letztendlich hat uns unsere erste Mitarbeiterin durch ihre Lebensgeschichte, ihren Lebenslauf und unserer daraus entstandenen Erkenntnis auf diese Idee gebracht."

„Können Sie uns das für die Zuschauer näher erläutern?"

„Wir können uns nicht vorstellen, dass eine andere Person, gleich welcher Qualifikation, die Mitarbeiterführung im Kundenservicebereich so gut machen würde, wie unsere Frau Neuhaus. Zudem sind wir sicher, dass wir sie niemals eingestellt hätten, wenn wir ihre Einstellung von Zeugnissen, astreinen und lückenlosen Lebensläufen und einem gesunden Äußeren festgemacht hätten. Erklärend hierzu muss ich erwähnen, dass wir die Geschichte von Frau Neuhaus in unserer ersten Ausgabe >Die Wunderforscherin< veröffentlicht haben, daher möchte ich heute auf eine Erläuterung zu ihrer Person verzichten. Darüber hinaus möchte ich natürlich nicht sagen, die anderen seien nicht gut. Frau Neuhaus ist von Anbeginn an dabei. Sie und ihre Geschichte

waren ein Grund für die Entwicklung und Wurzel für unseren Wunsch etwas zu verändern und
>Die Wunderforscherin-< ins Leben zu rufen.

Die Jury ist zudem wohl die fairste, die man sich vorstellen kann, hier werden Menschen nach ihren positiven und menschlichen Attributen ausgesucht. Attribute, die viel zu häufig keine Rolle mehr spielen. Richteten wir uns nach der Darwin Theorie, dann würde es mich nicht wundern, wenn diese Attribute irgendwann ganz verloren gingen. Bei uns werden die Mitarbeiter nach ihrer Freundlichkeit, nach ihrer positiven Ausstrahlung, Redegewandtheit, spielerischen Denkweise, Hilfsbereitschaft und vor allem nach dem Prinzip der vier M's ausgesucht."

Thomas beugte sich vor und fragte:

„Was ist denn nun schon wieder das Prinzip der vier M's?"

Anna lachte: „Man muss Menschen Mögen! Wer unserer Jury gegenübersitzt, muss zuerst nicht sein Können unter Beweis stellen. Er muss vielmehr mit den vorab geschilderten Attributen glänzen und letztendlich überzeugen.

Außerdem sollte er jeden nach bestimmten Kriterien ansprechen, zum Beispiel sollte er so reden, dass es für jedes Kind verständlich ist. Wer die Fähigkeit besitzt, so interessant zu sprechen, damit auch der Jugendliche aufmerksam zuhört, ist bestimmt im Vorteil.

Wobei es sehr wichtig für uns ist, dass ein Bewerber Sympathien erzeugt, während er spricht oder zumindest den Blickkontakt zu seinem Gegenüber hält.

Die anderen Jurymitglieder muss er mit eigenen Erfahrungen, Hintergründen, warum er bei uns arbeiten möchte und seinen Zeugnissen, überzeugen.

Nach dem Gespräch gibt es einen Probearbeitstag."

„Warum wird denn ein Langzeitarbeitsloser hinzubestellt, wie will er denn jemanden auswählen, wenn er selbst keinen Job findet?"

„Vorab möchte ich eines klarstellen, ein Langzeitarbeitsloser ist ja nicht immer freiwillig arbeitslos. Wir haben unter ihnen schon fähige Menschen für die verschiedensten Bereiche in unserem Haus gefunden, also geben wir hier jedem eine Chance."

„Bitte entschuldigen Sie Frau Verderstett, wenn ich mich wiederhole, das hört sich alles so sauber, rund und fast zu schön an, um wahr zu sein, glauben Sie, das Modell greift und bleibt auch bei Ihnen so bestehen?"

„Wir werden alles dafür tun und an der Entwicklung, sowie an der Ausführung ständig arbeiten, um diese immer wieder zu optimieren beziehungsweise den Umständen anzupassen. Hier geht es darum, ein Prinzip von Angebot und Nachfrage in ein Gleichgewicht zu bringen. Die Nachfrage ist enorm, das Angebot liefern wir. Wir müssen nur die Richtung beibehalten und uns nicht vom Wege abbringen lassen."

„Gibt es denn so gar keine Schreckensnachrichten von Ihrer Seite?"

„Selbst wenn wir rückblickend auf unser Leben so viel Zeit hätten, alles noch einmal zu durchlaufen, dann würde ich vielleicht auch das Schlechte mit hineinnehmen. Aber ich glaube, wir Menschen sind so gestrickt, dass wir das Schöne in einem Bilderbuch festhalten möchten und nicht das Schlechte.

Auch wir hatten Startschwierigkeiten und stehen oft vor Fragen, für die es nicht gleich eine Antwort gibt.

Wir wären heute nicht das, was wir sind, wenn wir dem Plaque, dem bitteren Nebengeschmack, den das Leben eben mit sich bringt, die größte Aufmerksamkeit geben würden. Das haben wir lange gemacht und eben aus dem Grund haben wir >Die Wunderforscherin< ins Leben gerufen."

„Das klingt plausibel und ich kann verstehen, was Sie meinen. Abschließend habe ich an diese Stelle noch eine persönliche Frage an Sie. Haben Sie jetzt erst gelernt so zu denken oder waren sie tief in Ihrem Innern schon immer eine Idealistin?"

Anna massierte mit der rechten Hand ihren Nacken. „Die Frage ist persönlich, gehört zum Abschluss, so denke ich, aber auch hierher und ich freue mich, allen sagen zu können, nein, ich war nicht immer so!" „Wie waren Sie denn?"

„Ich war oberflächlich, dies war eine meiner bitteren Eigenschaften, nebst meiner Eingebildetheit über mein berufliches wie fachliches Können und der damit verbundenen Minderdenkweise über Frauen, die daheim am Herd standen oder weniger tolle Berufe ausübten. Heute weiß ich, es sind Menschen, wie du und ich."

„Was hat Sie verändert?"

„Ich habe das große Glück, eine Freundin zu haben, die mir schon seit Jahrzehnten zur Seite steht. Eine Frau mit", Anna unterbricht den Satz mit einer Pause und wendet den Blick nach oben, bevor sie andächtig weitersprach, „Herzensblick."

„Herzensblick, was bedeutet das für Sie?"

„Sie sieht mit dem Herzen und sie hat in mir gesehen, was ich heute sein darf und sie hat mich dazu ermutigt, diesen Weg zu gehen. Zu vielen Ideen hat sie den Anstoß gegeben."

„Sprechen Sie von Frau Benedikt?"

„Ja!" Anna blickte stumm in die Kamera und wusste, wenn Ulrike diese Aufzeichnung sah, dass Anna die Worte auch so meinte, wie sie sie sagte.

„Frau Verderstett, unsere Sendezeit geht nun leider schon dem Ende zu. Ich danke Ihnen für Ihren Besuch und das aufschlussreiche Interview und wünsche Ihnen, Frau Benedikt, Ihrer Männerquote und allen Ihren Mitarbeitern mit Ihrem Magazin weiterhin einen stetig wachsenden Erfolg."

Thomas stand auf und reichte Anna die Hand.

Anna nahm sie. Die Hand war feucht und kalt, der Händedruck war fest, er schien ihre Hand eine Ewigkeit zu halten. Dabei fühlte sie eine Vibration, wie bei einem leichten Stromschlag, der durch ihre Hand glitt.

Auch spürte sie, dass seine Hand zitterte, dann schaute sie kurz in seine Augen. Erst jetzt sah sie, wie müde und erschöpft er unter dem vielen Make-up aussah. Sie dachte ‚wie gut, dass man mit Schminke und dem richtigen Licht so einiges vertuschen konnte, doch in dem Kameralicht jetzt, hätte er sich selbst nicht sehen dürfen.

Die Regiestimme ertönte aus einem Mikrofon und sprach: „Bitte rühren, Aufnahme beendet. Danke Frau Verderstett, auch von uns aus viel Erfolg weiterhin. Besuchen Sie uns bald wieder."

Anna winkte gegen die großen Scheinwerfer: „Ich danke auch, hat mir Spaß gemacht. Bis bald."

Sie sah Thomas an, der sich nun von ihrer Hand löste und diese gleich in seiner Hose abwischte. Er sprach so hastig, dass Anna nicht verstehen konnte, was er sagte, dann verließ er eilig das Studio.

Anna wurde in ihre Garderobe geführt. Zwei junge Frauen von der Maske entfernten ihr vorsichtig das Make-up und halfen ihr, ihr eigenes wieder aufzutragen. Anna erkundigte sich bei den Frauen nach Thomas, ob er in der Garderobe neben an sei. Die Frauen meinten, dass er schon gleich nach dem Interview gefahren sei.

Anna hatte so sehr gehofft, noch ein paar Minuten mit ihm privat sprechen zu können.

Enttäuscht trat sie die Heimfahrt an. Bis zum Einschlafen konnte sie an nichts anderes denken, Thomas war ständig in ihrem Kopf. Vor ihrem inneren Auge sah sie das müde Gesicht, unter der Müdigkeit allerdings, sah sie einen liebevollen Blick, der sie nicht loslassen wollte.

Kapitel 1
Eine Woche vor dem Interview

„Guten Morgen Ulrike", Anna blickte sich um und beobachtete mich, wie ich im Bademantel genervt auf das Radio zuging um den Aus Knopf zu betätigen.

„Hey, gleich kommen die Nachrichten, die würde ich gerne hören!", schimpfte Anna.

„Oh nein Anna, bitte, darauf kann ich am frühen Morgen noch nicht."

„Worauf kannst du bitte schön am Morgen noch nicht?"

„Mir den ganzen negativen Müll anhören, bevor ich die Augen richtig geöffnet habe."

„Du musst doch wissen, was in der Welt passiert und wenn du nicht die Winterjacke, den Regenmantel und den Sonnenhut einpacken willst, dann ist doch auch der Wetterbericht eine echt große Hilfe oder etwa nicht?"

„Es ist noch keiner weggeschwommen, weil er den Schirm zu Hause vergessen hat!"

„Okay!", sagte Anna, „bevor wir streiten, lass den Kasten aus, bis du richtig wach bist!"

Mit den Worten öffnete sie ihr I Pad und las dort die neuesten Nachrichten des vergangenen Tages und der Nacht.

Ich setzte mich an den runden kleinen Tisch und schenkte mir einen Kaffee ein. Unsere Suite in diesem Hotel war sehr geräumig, wir hatten jede ein eigenes Schlafzimmer, zusammen ein Bad und das WC befand sich in einem separaten Raum. Der Wohnraum war hell und freundlich eingerichtet. Das Frühstück ließen wir uns, wenn wir auf Reisen waren, mittlerweile immer auf unser Zimmer bringen. Durch unseren Erfolg mit der Zeitung >Die Wunderforscherin< wuchs auch unser

Bekanntheitsgrad, somit zogen wir es vor, nicht vor Publikum zu speisen. Zu oft hatten wir es erlebt, dass die Menschen, ohne dass wir sie gebeten hatten, auf uns zukamen und Autogramme forderten oder während unseres Frühstücks kamen, um uns ihre Geschichte verkaufen zu wollen. Wir hatten nichts gegen diese Menschen, wir brauchten ihre Berichte und gaben selbstverständlich auch gerne Autogramme. Es war nur angenehmer, vorher in aller Ruhe gefrühstückt zu haben.

Seit der Idee mit unserem Magazin war nun über ein Jahr vergangen. Wir hatten viel zu tun. Auf der einen Seite war es toll, auf der anderen musste ich mir eingestehen, dass ich lieber arbeitete, als mir einen Ausgleich für die viele Arbeit zu suchen. Durch eine Grippe im Herbst war ich an meine Grenzen gestoßen. Ich wusste, ich musste grundlegend mein Leben anders betrachten und meinen Tagesablauf umgestalten, ein Hobby oder ähnliches finden, welches mich einmal von der Arbeit ablenkt, sonst würde ich nicht lange so Schritt halten können.

Durch die vielen Angebote und Berichte von Heilpraktikern, Naturärzten, Hirnforschern und vielen anderen in unserer Zeitung, konnte ich mir die Lösungswege ganz einfach zusammenstellen.

So begann ich mit regelmäßiger Bewegung, autogenem Training und der Teilnahme an unterschiedlichen Seminaren zur Stress- und Alltagsbewältigung.

Was auch unseren Mitarbeitern zugutekam. Ich änderte ebenfalls mein Verhalten ihnen gegenüber.

Da ich zunehmend schon gleich am Morgen mürrisch war, versuchte ich die Ursache dafür herauszufinden. Ich beobachtete mein Verhalten. Zu guter Letzt schob ich es darauf, dass ich direkt nach dem Aufstehen zuerst auf mein Handy schaute, um die Neuigkeiten gleich zu lesen, danach schaltete ich das Radio ein, von dort aus wurde ich mit Werbung bombardiert. Ohne dass es mir bewusst wurde, nahm ich die Sätze auf. Ich wunderte mich manchmal, dass ich viele Werbesprüche schon auswendig nachsprechen konnte ohne diese bewusst gelernt zu haben.

Das gab mir besonders zu denken, als ich über eine Studie, die in China durchgeführt wurde, gelesen hatte. Dort hatte jemand nur durch das Hören einer CD, die er im Alltag im Hintergrund abspielte, eine Fremdsprache erlernt.

Danach habe ich für mich beschlossen, am Morgen nicht mehr zuerst auf mein Handy, mein iPad oder meinen Terminkalender zu schauen. Auch lehnte ich es ab, nach dem Aufwachen mit den Nachrichten aus aller Welt gefüttert zu werden, bevor ich mich gefüttert hatte.

Das Gedudel der Musik aus dem Radio lenkte mich zudem von der Möglichkeit ab, mir meine Träume aus der vergangenen Nacht noch einmal ins Gedächtnis zu rufen. Stattdessen stand ich am Morgen bewusst früher als gewöhnlich auf, bereitete das Frühstück und setzte mich mit einem Glas Wasser und einem Kaffee an meinen Lieblingsplatz vor mein großes Wohnzimmerfenster, welches mir den Blick auf meinen mittlerweile wunderschönen Garten freigab.

Diese wundervolle Aussicht in meinen Garten verdankte ich dem Talent von Andreas, eine Landschaft so gestalten zu können, dass sie zu jeder Jahreszeit ihre Reize hatte. Durch seinen grünen Daumen erlebte ich vom Frühling bis zum ersten Schnee ein blühendes Wunder, im wahrsten Sinne des Wortes.

Ich genoss die Minuten des unberührten Tages und ließ die Stille auf mich wirken, somit konnten meine Gedanken in aller Ruhe fließen. Im Sommer setzte ich mich raus auf die Terrasse, doch dafür war es jetzt noch zu kalt.

Seit einem Jahr waren Andreas und ich nun verheiratet. Wir hatten uns dieses kleine Haus gekauft und nach unserem Geschmack von Grund auf renoviert.

Als ich von der Reise meiner Gedanken an mein Zuhause zurück ins Hotelzimmer kehrte, musste ich mir eingestehen, wie sehr ich Andreas doch vermisste.

Ich beendete mein Frühstück, machte mich auf den Weg ins Bad und schaltete das Radio für Anna wieder ein.

Anna und ich waren für sechs Tage in Frankreich, um dort die vielen Menschen zu treffen, zu denen uns Tante Jessica die Kontakte hergestellt hatte. Wir machten Fotos und nahmen die Geschichten auf. Diese Art der Berichterstattung und die Themen waren um vieles angenehmer, als die Arbeit im Tageslichtreport. Bereut hatten wir unseren Schritt, dort wegzugehen, noch nicht einen Tag.

Hier in Frankreich waren es natürlich überwiegend Berichte über die „Wunder" und „Heilungsergebnisse" nach dem Besuch in Lourdes. Einige Berichte waren schon fertig geschrieben und von den Berichterstattern freigegeben. Dennoch hielten wir es für wichtig, wenn wir schon einmal in Toulouse waren, auch unsere Berichterstatter kennenzulernen.

Es gab so viel Schönes, über das es sich zu schreiben und zu sprechen lohnte, dieses stellten wir zu unserer Freude in dieser Woche wieder einmal fest.

Heute war unser letzter Tag in Frankreich. Vor der Abreise nach Frankfurt wollten wir Tante Jessica unbedingt noch einen Besuch abstatten.

Da unser Terminkalender für die sechs Tage Aufenthalt in Frankreich voll bis oben hin war, wir für die Bericht-erstattungen ruhige Räume benötigten und zahlreiche Termine mit der Presse in Frankreich eingebaut wurden, wählten wir ein Hotel in Toulouse und mieteten für den Zeitraum gleich einen kleinen Seminarraum zusätzlich an.

Tante Jessika war anfangs ein wenig beleidigt, dass wir für den Zeitraum unseres Aufenthaltes nicht bei ihr wohnten. Jedoch nachdem sie uns einen Tag in Toulouse begleitete, befürwortete sie unsere Entscheidung. Wir hatten es in den sechs Tagen auch nur einmal geschafft, sie zu besuchen.

Als ich aus der Dusche kam, hatte Anna schon ihre Sachen gepackt und die Koffer für die Abholung bereitgestellt. Am Morgen mussten wir noch einen Pressetermin wahrnehmen, danach wollten wir gleich zu Tante Jessica. Da ich wie immer nur die Hälfte der Kofferanzahl von Anna mitführte, hatte ich meine Sachen schnell gepackt und zu Annas Koffern gestellt. Bevor wir das Hotel verließen, telefonierten wir mit Johanna.

Freudig teilte uns Johanna mit, dass jemand vom >WNS< (Weltnachrichtensender) angerufen hatte und in zwei Tagen ein Interview in der Sendung >SichtTV< mit uns führen möchte.

Anna blätterte in ihrem Terminkalender und sagte den Termin zu. Als sie auflegte, konnte ich ihr aus meiner Sicht keine Terminzusage geben. Hätte sie auf unseren gemeinsamen Terminplaner geschaut, auf dem alle

Termine synchronisiert wurden, wäre ihr mein privater Termin aufgefallen.

Den Interviewtermin musste sie nun alleine wahrnehmen. Ihr schien es auch recht zu sein, so wie sie sich nach dem Reporter erkundigte.

>SichtTV<-, überlegte Anna laut, „sag mal Ulrike, ist das nicht der Riebering, wie heißt er noch gleich mit Vornamen, wir duzen uns doch oder nicht?"

„Ja, ich meine schon, wir haben nach der Pressekonferenz im Oktober zusammengesessen, smarter Typ und echt sympathisch. Thomas, ja Thomas heißt er. Da bin ich mir ziemlich sicher", erinnerte ich mich.

„Okay, danke Ulrike, dann weiß ich wenigstens, wie ich ihn ansprechen soll."

So wie Anna jetzt schaute, wäre ich gerne mitgegangen, doch ich hatte einen Arzttermin. Diesen wollte ich auch nicht länger aufschieben. Mich plagten seit Wochen immer wiederkehrende Bauchschmerzen. Der Ursache dafür, wollte ich nun endlich auf den Grund gehen.

Kapitel 2
Besuch bei Jessica

Als wir mit unserem Leihwagen in die Einfahrt zu dem Haus meiner Tante fuhren, wünschte ich Onkel Jean würde noch leben. Er wäre sicher sehr stolz auf uns. Bevor wir aus dem Auto stiegen, stand Tante Jessica schon lachend in der Haustür, um uns zu begrüßen.

Sie umarmte uns gleichzeitig mit den Worten: „Meine Wunderforscherinnen, wie schön, dass ihr noch einmal bei mir vorbeischaut. Kommt herein, ich habe frischen Kaffee aufgesetzt."

Einladend loderte das Feuer im Kamin, das war die richtige Begrüßung für einen kalten grauen Apriltag. Die angenehme Wärme und der Duft von frischem Kaffee ließen uns schnell ankommen und die anstrengende Woche für einen Moment vergessen.

Das Telefon klingelte, Jessica nahm das Gespräch entgegen und sprach leise, fast verlegen: „Hallo Louis, kann ich dich später zurückrufen? Anna und Ulrike sind kurz bei mir. Gut, das mache ich, bis später."

Mit einem abwesenden Lächeln im Gesicht kam sie zurück an den Tisch, eine leichte Röte durchzog ihre Wangenfarbe.

„Na, meine liebe Tante, kennen wir diesen Louis?", fragte ich neugierig. Gleichzeitig verspürte ich einen Stich in meinem Herzen. Der erste Gedanke, Tante Jessica könne einen Freund haben, machte mich froh, der zweite Gedanke, sie könne Onkel Jean vergessen haben, machte mich wütend. Anna schien meine Gedanken lesen zu können und sah mich eindringlich an und es war als wollte sie mir sagen, bitte hinterfrage dieses Thema jetzt nicht weiter.

Sie legte ihre Hand auf die von Jessica und fragte: „Wie geht es dir hier so allein, unternimmst du viel, wenn du nicht gerade für uns recherchierst?"

Dankbar über Annas Frage plauderte sie los und berichtete von einer Frauengruppe aus dem Ort, der sie nun gelegentlich beiwohnte und deren Angebote, wie radeln, wandern, Spieleabende und Gesprächsrunden zu den unterschiedlichsten Themen, sie gerne nutzte, sooft es ihr möglich war.

Dann wurde sie traurig und sagte: „Nur manchmal, müsst ihr Wissen, fehlt mir Jean so sehr, dass ich es nicht einmal schaffe vor die Tür zu gehen.

Als er noch lebte, habe ich auch vieles allein unternommen, doch ich komme nun heim und niemand ist da, dem ich davon erzählen kann. Sein Foto reicht da schon lange nicht mehr."

Mit Gesichtszügen, die ein schlechtes Gewissen andeuteten, wandte sie sich mir zu und sagte: „Du kennst Louis oder besser gesagt du kennst ihn als Dr. Monét. Seine Frau ist vor deinem Onkel gestorben. Wenn es mir sehr schlecht ging, nach dem Tod von Jean, musste er ein paar Mal vorbeikommen, in seiner Aufgabe als Arzt, versteht sich.

Nach der Behandlung ist er manchmal noch etwas geblieben. Wir haben lange über den Sinn von Leben und Tod philosophiert. Unsere Ansichten sind sehr ähnlich und jetzt tauschen wir uns gelegentlich aus. Ich mag ihn, das ist alles!"

Den Satzteil, das ist alles, betonte sie, als würde sie sagen, ich solle mir nichts dabei denken und Schluss, Ende aus.

Somit deutete ich es als ein Verbot ihrerseits, meine Gedanken auf eine Fantasiereise in ihr Leben zu schicken. Sie hatte ja auch recht, es war ihr Leben und keine von uns konnte sich ein Bild von dem machen, wie es in ihr aussah und mit welchen Gefühlen sie unter Umständen zu kämpfen hatte, wenn sie sich erst neu verlieben würde. Oder wenn sie eine Partnerschaft einging, nur um nicht allein zu sein. So, wie ich Jeans Abschied vom Leben erfahren hatte, hätte er ihr bestimmt geraten, nicht allein zu bleiben.

Ich durfte mich nicht einmischen oder diese Situation **beurteilen** und schon gar nicht durfte ich hier irgendetwas **verurteilen**. Also bemühte ich mich um einen liebevolleren Ton und fragte, wann sie uns wieder in Frankfurt besuchen käme und wie sie ihre neuen Recherchen angehen wolle.

Sie plante erst wieder zur Eröffnungsfeier der Kita nach Frankfurt zu reisen und fragte, ob ihr Zimmer in unserem Haus noch frei wäre oder mittlerweile für ein Kinderzimmer hergerichtet wurde. Anna lachte: „Pah, dann müssten sich schon Drillinge ankündigen, ich denke das dauert noch, bis du dein Zimmer abtreten musst, lass die zwei erst einmal, ein Kind bekommen."

Ich umarmte meine Tante und sagte: „Egal wie viele Kinder wir bekommen, für dich werden wir immer einen Platz haben."

Schneller als wir es empfanden waren drei Stunden vergangen. Anna drängelte ein wenig zum Aufbruch. Auf der Autobahn 64 vor der Abfahrt Muret war eine Baustelle eingerichtet. Sie hatte Bedenken, wir könnten dort noch in einen Stau geraten.

Somit verabschiedeten wir uns herzlich von meiner Tante, die jedes Mal weinte, wenn es zum Abschied kam. Anna und ich sagten wie aus einem Munde: „Hey, nicht weinen, wir sehen uns ja bald wieder."

Wir winkten ihr aus dem Auto zu, bis wir das Haus nicht mehr sehen konnten.

Anna fragte mit schrägem Blick: „Denkst du auch, was ich denke?"

„Was denke ich?"

„Och man, du Spielverderber."

„Nein, sorry, Anna, ich weiß nicht, was du meinst", bei mir dachte ich, ich weiß genau, was du meinst, aber ich lass dich zappeln.

„Okay, dann nicht!", brach sie, zu meinem Erstaunen, die Unterhaltung ab.

Nach einer Schweigeminute besann ich mich und tat so, als wäre mir jetzt erst eingefallen, was sie hätte meinen können.

„Ah, jetzt weiß ich ‚s! Du meinst den Anruf von Dr. Monét?"

Mit großen Augen sah Anna mich an: „Ach, möchtest du doch darüber sprechen?"

Ich war erstaunt, wie gut wir uns kannten und in diesem Falle, sie mich.

„Wusstest du, dass er mit Vornamen Louis heißt?"

„Nein, für mich war er immer ´der Gott in Weiß´. Jean hatte ein gutes und freundschaftliches Verhältnis zu ihm, das spürte ich, wenn die beiden sich unterhielten, aber per ´du´ waren auch die nicht. Auch Tante Jessica hatte ihn noch mit ´Sie´ und mit ´Dr.´ angeredet, als Onkel Jean gestorben war."

„Meinst du deine Tante und er, Dr. Monét, die haben was miteinander?"

Mein Blick wurde finster und beinahe wäre ich auf meinen Vordermann aufgefahren. Der Verkehr staute sich vor der Baustelle so, wie Anna es gesagt hatte. Gut, dass wir zeitig losgefahren waren. Wieder packte mich die Vorstellung meine Tante könnte Onkel Jean vergessen und das machte mich wütend.

„Sag mal Ulrike, kann es sein, dass du ein Problem damit hättest, wenn deine Tante mit dem Doc zusammen wäre?"

„Ja! Das kann nicht nur so sein, ich glaube im Moment macht mich diese Vorstellung sogar extrem wütend!"

„Sag mal geht's noch? Findest du nicht, dass du jetzt sehr egoistisch bist. Du tust ja gerade so, als würde sie deinen Onkel betrügen!"

„Mag sein, so fühlt es sich für mich auch an! Ist das so schlimm?"

„Ob das nun so schlimm ist, kann ich nicht beurteilen. Es ist falsch! Du solltest darüber nachdenken, was dein Onkel alles aufgeschrieben hat. Erinnerst du dich an seinen Wunsch und an das Geschriebene, wie es nach seinem Tod weitergehen sollte? Glaubst du allen Ernstes, dass er etwas dagegen hätte, wenn Jessica noch einen schönen Lebensabend mit dem Doc hätte?"

„Anna, ich weiß, was du meinst!"

Der Stau löste sich auf und wir nahmen die Fahrt wieder auf, allerdings eher stockend. Auch ich sprach stockend weiter, ich hatte einen dicken Kloß im Hals und ich hoffte Anna könnte auch mich verstehen.

„Jean war nicht nur mein Onkel. Er war zu mir, wie ein Vater. Bei den beiden durfte ich erfahren, wie es ist, eine Familie zu haben. Es ist schwer für mich, einen anderen Mann an der Seite meiner Tante zu wissen. Allein der Gedanke, sie könnte jemand anderen so ansehen, wie sie Jean immer angesehen hat, würde bei mir Hoffnungen und Welten zerstören. Ich dachte immer, wer so liebt, liebt über den Tod hinaus und ergo nur einmal in seinem Leben."

Zu meiner Überraschung sagte Anna verständnisvoll: „Okay Püppi, das kann ich nachvollziehen, so habe ich das noch nicht betrachtet. Ich gönne es deiner Tante einfach nur und würde mich freuen, wenn sie nicht allein bleiben muss, du hast ja gehört, wie einsam sie ist."

„Ja, das stimmt."

„Ich denke, du solltest dich entweder mehr mit dem Thema auseinandersetzen oder dich ganz heraushalten. Mit deiner Sichtweise auf die Dinge gerätst du unter Umständen noch mit deiner Tante aneinander. Glaube mir, wenn es einmal so weit sein sollte, dass es jemand Neuen in ihrem Leben gibt, einen Lebensgefährten meine ich, wirst du die wichtigste und erste Person sein, der sie von ihrem Glück erzählen möchte."

„Auch wenn deine Argumente plausibel sind, bei dem Gedanken daran fühlt es sich an, als habe ich eine Faust in meinem Solarplexus. Ich werde daran arbeiten", versprach ich Anna.

Wir fuhren auf das Flughafengelände, parkten vor dem Büro der Autovermietung und gaben unser Auto ab.

Nach dem Check-in aßen wir eine Kleinigkeit, redeten über die nächsten anstehenden Termine und synchronisierten diese mit dem Geschäftskalender. Anna erkundigte sich auch nach meinen Bauchschmerzen. Diese waren, seit ich einen festen Termin beim Arzt hatte, verschwunden. Darum gingen wir nicht weiter darauf ein.

Da wir nun den Arzttermin erwähnten und dieser gleichzeitig mit dem Termin für das Interview im -
>SichtTV<-- stattfand, gestand Anna mir, dass sie sich freute, Thomas wiederzusehen. Wir konnten es kaum glauben, dass seit der Zeit, zu der wir ihn getroffen hatten, bald fünf Monate vergangen waren.

Kapitel 3
Eine Stunde vor dem Interview

Während Thomas sein Spiegelbild betrachtete, trocknete er seine feuchten Hände in einem weichen Frotteetuch. Er hatte sich gut auf diese Fernsehsendung vorbereitet und in Anbetracht seiner heutigen Interviewpartnerin wuchs seine Nervosität weiter.

Zwei Frauen hatten es geschafft, so viele Leser für eine gute Sache zu gewinnen und damit auch weitere Geschäftsideen miteinander und ineinander zu verknüpfen.

Heute hatte er eine der beiden Frauen zu Gast in seiner Sendung. Er brauchte nicht auf seinen Zettel zu schauen, um den Namen, wie bei manch anderen Interviewpartnern mehrmals zu lesen, um ihn sich einzuprägen. Seit langer Zeit hatte er die Entwicklung und Unternehmungen der beiden erfolgreichen Frauen, Anna Verderstedt und Ulrike Benedikt, verfolgt und aus dem Grund auch in seine Sendung eingeladen.

Anna Verderstedt hatte es ihm besonders angetan. Nach einer Pressekonferenz war er ihr zum ersten Mal begegnet. Andreas, ein Kollege seines besten Freundes Sven, stellte ihm die beiden Frauen vor.

Der Abend wurde lang, und er unterhielt sich fast ausschließlich mit Anna. Ihre Ausstrahlung, Haltung und ihr selbstbewusstes Auftreten imponierten ihm sehr. Danach schwärmte er von ihr und hatte sich gewünscht, sie wiederzusehen.

Seit der Zeit waren einige Monate vergangen. Geladen hatte er sie nicht aus dem Grund, ein Wiedersehen herbeizuführen.

Es war einfach an der Zeit, dass auch er in seiner Sendung über >Die Wunderforscherin< berichtete.

Mittlerweile waren die beiden Frauen schon bei vielen namenhaften Sendern aufgetreten. In den Medien machte >Die Wunderforscherin< laufend positive Schlagzeilen.

Er selbst ging an dieses Interview mit geteilter Freude heran. Einmal hatte er sich gewünscht, Anna wiederzusehen, doch zurzeit, so glaubte er, war es jetzt wohl der ungünstigste Zeitpunkt. Er hatte kein Interesse irgendjemanden kennenzulernen, geschweige denn, sich jetzt auch noch zu verlieben. Allerdings befürchtete er, dass dieses schon beim ersten Treffen passiert war.

Das Wiedersehen mit Anna war zwar der Grund für seine feuchten Hände, dennoch wurde diese Aufregung nicht durch die Wiedersehensfreude hervorgerufen. Er hatte schlicht Bedenken, Anna könnte sehen, in welch schlechter Verfassung er sich befand.

Kapitel 4
Direkt nach dem Interview

Thomas ging mit eiligen Schritten aus dem Sender, endlich an der frischen Luft angekommen, blieb er für einen Moment stehen und atmete tief ein und aus. „Geschafft", dann überkam ihn ein starker Schwindel. Er stützte sich für einen Moment am Dach seines Autos, beobachtete Anna, wie sie mit wehendem Mantel den Sender verließ, in ihr Auto stieg und davonfuhr.

Er wartete, bis ihr Wagen nicht mehr zu sehen war, dann verließ auch er das Redaktionsgelände. Viele Fragen kreisten in seinem Kopf. Wie in Trance führte er das Interview. Er hatte das Gefühl, nicht wirklich dort gewesen zu sein. Er konnte sich nicht mehr an seine Fragen erinnern und auch nicht an Annas Antworten. Zu Hause würde er in einer Stunde die Aufzeichnung vom Studio bekommen und sich diese noch einmal in aller Ruhe ansehen. Anna ging ihm nicht aus dem Kopf. Sie hatte noch besser ausgesehen, als bei dem ersten Treffen. Wie sie ihn zum Schluss angesehen hatte. Ihr Blick ging so tief, was bedeutete das? Hatte sie gemerkt, was mit ihm los war? Fragen über Fragen, er donnerte mit der Faust erst gegen seine Stirn, dann gegen das Lenkrad. Drehte die Musik lauter. Lara Fabian, „To love again", dabei rannen Tränen über seine Wangen, er konnte sie nicht aufhalten.

Erst jetzt wurde ihm bewusst, wie sehr ihn die Einsamkeit gefangen hielt und er glaubte nicht, dass er diese so schnell vertreiben konnte.

Einige Sätze von Anna klangen nun in seinen Ohren wider. Bruchstücke des Interviews kamen zurück in seine Erinnerung.

„Wir dürfen nicht warten bis ein neues Zeitalter heranbricht, wir müssen es erschaffen." „Dazu braucht es Mut und den Anfang…", oder so ähnlich hatte sie es gesagt.

„Wie recht du hast, liebe Anna", weinte er und die Tränen liefen jetzt schneller, er schluchzte und rieb sich die Nase an seinem Jackenärmel.

Es war nicht die Sehnsucht nach Anna, die er spürte, es war die Sehnsucht wieder am Leben teilzunehmen. Er hatte sich bereits viel zu lange abgekapselt.

Seine Arbeit veränderte ihn, er war einfach so da hineingerutscht. Um seine Freunde kümmerte er sich nicht mehr. Bis sie sich von ihm zurückgezogen hatten. Doch letztendlich gab er ihnen die Schuld, schließlich meldete sich auch niemand mehr bei ihm. Gewarnt wurde er anfangs von seinem besten Freund Sven, er solle sich nicht einigeln. Auch machte er den Vorschlag, Thomas solle ein Sabbatical in Anspruch nehmen, weil er vermutete, Thomas wäre kurz vor einem Burn-out.

Seitdem war der Kontakt zu ihm abgebrochen. Nichts war mehr wie früher. Eine Auszeit hielt Thomas für keine gute Idee. Er wurde doch im Sender gebraucht. Wer sollte denn sonst die Interviews in seiner Sendung >SichtTV< machen? Zudem hatte er die Sendung zum Leben erweckt.

Jetzt dachte er zurück, an seine Zeit als Auslandskorrespondent, in der er ständig in Krisengebieten unterwegs war, von Kriegen und Morden berichtete, sich an die Schauplätze erinnerte, dann nagten diese Bilder erneut an ihm. So war es nun einmal in der Welt, überall Streit wegen unterschiedlichen Glaubensrichtungen, dauernde Kämpfe um Gerechtigkeit und Eigentum.

Heute war er ausschließlich für die Berichtswiedergabe im Sender zuständig. In seiner Sendung >SichtTV< berichtete er über Themen aus aller Welt und hielt Interviews mit geladenen oder selbst geladenen Gästen aus Politik, Wirtschaft und Kultur.

Die Einschaltquoten für seine Sendung konnten sich sehen lassen. Er war einer der beliebtesten Korrespondenten und für seine mitreißende Berichterstattung bekannt.

Es gab nur zunehmend eine Sache, die ihn mehr und mehr störte und die er gerne beeinflussen würde, wenn er könnte.

Er war sich sicher, dass es Worterfinder gab, die viel Geld von Politikern bekamen, um Schlagworte zu erfinden, die dann, wie das Wort schon sagte, dazu missbraucht wurden, dem Zuhörer einen Schlag zu versetzen.

Angstmacherworte sind nicht so schlimm, wie sie klingen. Vielleicht wurden diese von der Politik benutzt, um den Wählern zu versprechen, dass es eine greifbare Bedeutung dieser Worte nicht mehr gäbe, wenn man sich für ihre Partei entscheiden würde. So wird ein Wort Wirtschaftskrise einfach umgetauft in das Wort Wirtschaftsaufschwung.

Thomas wusste genau, dass er die allgemeine Angstverbreitung durch seine geschliffenen Berichte mit unterstützte und auch davon profitierte.

Gerne würde er laut sagen, was er dachte. Doch dies wäre das AUS für seine berufliche Laufbahn. Wenn er sich die Teilnahme am Leben wünschte, dachte er auch über eine Familienplanung nach. Aber wie sollte er eine Familie ernähren, ohne Job? Vor nicht allzu langer Zeit weigerte er sich, über den schlechten Stand der Wirtschaft in Deutschland zu berichten. Weil er der

Meinung war, dass jeder, der nur ein bisschen von der Wirtschaft verstehen würde, diesen Bericht in den Dreck ziehen könnte. Sein Chef meinte, er solle einfach nur seine Arbeit erledigen und in diesem Punkt nicht zu viel hinterfragen.

Thomas wusste, Deutschland ging es gut. Er erinnerte sich daran, wie er sich fühlte, als er über das Thema berichten musste. Er stellte sich während der Berichterstattung vor, wie intelligente Menschen ihm vor dem Fernseher einen Vogel zeigten. Er wäre am liebsten im Erdboden versunken. Die Anzahl der Kritiken nach der Sendung waren enorm hoch, er las nicht eine.

So saß er nun auf seiner Couch, bekleidet mit einer Jogginghose und einem Sweatshirt, die Füße ausgestreckt auf einem Kissen auf dem Tisch platziert und ließ seine Gedanken kreisen. Ein Anruf aus dem Sender riss ihn aus seinen Gedanken. Seine Kollegen kündigten die Aufzeichnung an, die er sich nun ansehen konnte, bevor diese am Abend darauf der Öffentlichkeit präsentiert wurde.

Er schaltete seinen PC ein. Das Interview sah er sich an diesem Abend noch viermal an. Immer wieder entdeckte er Neues für sich, aus dem, was Anna sagte.

Erst gegen vier Uhr am Morgen fand er den Weg in sein Bett.

Kapitel 5
Zurück in Frankfurt

„Guten Morgen Püppi." Ohne hochzusehen sagte ich: „Guten Morgen, Anna-Maus."

„Was machst du gerade?", fragte Anna neugierig.

Jetzt sah ich sie an. Anna grinste über das ganze Gesicht.

„Was ist passiert Anna?", fragte ich, „du siehst aus, als hätte man dir heute schon dein Weihnachtsgeschenk überreicht". Dann ging ich um meinen Schreibtisch herum, um sie herzlich zu begrüßen. Dies taten wir an jedem Morgen.

Ihre Umarmung war intensiver, als in den letzten Tagen.

„Du bist glücklich?", fragte ich, während ich mich aus ihrer Umarmung befreite.

„Ach, ich weiß nicht genau, was es ist, aber mir geht es richtig gut heute Morgen."

„Wie war das Interview mit Thomas?"

„Alles super gelaufen! Schaust du dir die Aufzeichnung heute Abend an?"

„Klar mache ich das! Ich bin schon ganz gespannt. Worüber habt ihr gesprochen?"

„Über dich, den ganzen Abend haben wir nur von dir gesprochen!"

„Ha, du Spinni!", ich warf ihr eine Papierkugel an den Kopf.

Sascha betrat das Büro. Anna rief: „Ach ja und über Sascha haben wir auch gesprochen."

„Wann?", fragte er, als er uns zum Gruß kurz umarmte.

„Na, bei meinem gestrigen Interview beim >WNS< in der Sendung >>SichtTV<-<. Heute Abend kannst du dir anhören, was ich über dich berichtet habe."

„Sag schon, ist tatsächlich mein Name gefallen?", drängelte Sascha.

„Nein, ist er nicht, ich habe nur von unserer Männer-quote gesprochen. Sascha sag mal, kennst du den Riebering?"

„Hm, nur flüchtig. Ich glaube, Andreas kennt ihn besser."

„Wer interessiert sich denn hier für den smarten Korrespondenten, he?", verschmitzt schaute er zu Anna, die nun leicht errötete.

„Sascha, ich glaube, da hast du wohl wieder den Nagel auf den Kopf getroffen. An Anna gerichtet sprach ich neugierig weiter: „Anna, komm sag schon, ist etwas vorgefallen, was wir wissen wollen oder sollten?"

„Komm, spanne uns nicht auf die Folter!", drängelte Sascha wieder.

„Okay fünf Minuten, aber ich brauche erst einen Kaffee."

Wie für eine Königin holte Sascha feierlich einen Stuhl, lenkte Anna dorthin und bat sie, sich zu setzen, dann rannte er los und sagte: „Vergiss die Rede nicht, ich bin gleich mit dem Kaffee zurück."

Ich setzte mich seitwärts auf meinen Schreibtisch, meinen Blick auf Anna gerichtet. „Da bin ich jetzt aber gespannt!"

Sascha kam zurück, gefolgt von einer strahlenden Johanna, jeder trug zwei Kaffeetassen.

„Guten Morgen Johanna!", riefen Anna und ich wie aus einem Munde, als hätten wir sie ewig nicht gesehen.

„Bekommt sie jetzt noch Applaus? So begrüßt ihr mich nicht", schmollte Sascha.

Johanna umarmte uns kurz und sagte zu Sascha: „Sei nicht traurig RobinWunderHood, wenn du heute Abend heimkommst empfängt dich dein kleiner Fanklub, kannst ihn ja bitten, dich ab jetzt immer mit Applaus zu empfangen. Die Diskussion müssen wir allerdings heute Abend weiterführen, jetzt möchte ich wissen, was es hier Neues gibt. Bevor ich mich meiner Arbeit widme."

Sie küsste Sascha und machte ihn somit mundtot. Anna und ich grinsten uns an. Dann nahm sie einen Schluck von ihrem Kaffee, räusperte sich und begann mit der Erzählung.

„Ich habe die ganze Nacht nicht geschlafen."

„Und?", hetzte Sascha.

„Still!", sagte ich, „warte doch ab!"

„Oh man, ich glaube, es ist zu früh, euch davon zu erzählen. Ihr versprecht mir bitte, nicht zu lachen."

Wir nickten wie selbstverständlich.

„Ich glaube mich hat's erwischt, ich habe mich verliebt."

„Oh, wie Thön", lispelte Johanna spaßig, „in wen denn, kennen wir ihn?"

Sascha und ich sahen Johanna an, als sei sie von einem anderen Stern.

Gleichzeitig riefen wir: „Interview! Nah dämmert es bei dir?"

„Ach, Thomas Riebering, echt, das hätte ich jetzt nicht gedacht. Hm, wie kommt das denn so plötzlich?"

„So plötzlich ist das nicht entstanden, im letzten Jahr haben wir uns schon einmal lange unterhalten, da fand ich ihn sehr sympathisch, verliebt war ich nicht. Aber gestern hat es mich eben so einfach erwischt."

„Was hat er gemacht?", fragte ich und wusste genau darauf gab es keine Antwort. Wenn es passte, passte es.

„Und was ist mit ihm, fühlt er auch so?", fragte Sascha.

„Also auf all eure Fragen kann ich euch nur eine Antwort geben, ich weiß es nicht!" Sie trank ihren Kaffee aus, erhob sich aus ihrem Stuhl, mit den Worten: „Habe mich allerdings dazu entschieden, es herauszufinden. Zufrieden meine lieben Freunde?"

„Prima", sagte Johanna, „wenn du unsere Hilfe benötigst, sind wir da, versprochen."

„Ich könnte im Internet Auskünfte über ihn einholen", bot Sascha an.

Dafür fing er sich gleich eine Kopfnuss von mir ein. „Das lassen wir mal schön, RobinWunderHood."

Er hob abwehrend die Hände. „Gut, dann nicht, aber bittet mich nicht, wenn ich es dann doch machen soll", erwiderte er und tanzte mit Johanna im Arm aus meinem Büro, gefolgt von Anna.

Ich ließ mich in meinen Bürostuhl fallen, meine Gedanken hefteten noch an Annas Worten, während ich meinen letzten Schluck Kaffee nahm.

Dann musste ich schmunzeln, mir viel ein, wie Sascha zu seinem Namen RobinWunderHood kam.

Anfang des Jahres hatte es ein Problem mit unseren Computern gegeben, unser damaliger IT Mitarbeiter konnte das Problem nicht beheben. Somit überkam uns die Angst, wir könnten wichtige Daten verlieren oder durch einen Angriff von außen auf unsere PCs nicht geschützt zu sein. Sascha half uns, als IT Spezialist konnte er ziemlich schnell sagen, worin das Problem bestand.

Als er den Fehler nach zwölf Stunden behoben hatte, kam er am nächsten Morgen in die Redaktion mit erhobenem Haupt und vorgestreckter Brust. Er bäumte sich vor uns auf, mit den Worten: „Ab heute dürft ihr RobinWunderHood zu mir sagen, weil ich ab jetzt der Wächter eurer Daten und der Rächer der Trojaner bin."

Nach kurzer Zeit war Sascha bei uns in der Redaktion der IT Fachmann und neben Andreas, Anna und mir ein weiterer Geschäftsführer. Soviel zur Männerquote.

Kapitel 6
Vorahnung

Um zwölf Uhr meldete sich mein Magen. Andreas war terminlich verhindert und somit musste auch unser gemeinsames Mittagessen ausfallen. Ich klopfte an Annas Bürotür, wartete nicht auf ein „herein" von ihr, sondern trat einfach ein.

Sie lachte mich an und sagte: „Gerade wollte ich dich fragen, ob du mit mir zu Mittag essen möchtest."

„Ja, darum bin ich hier, wollen wir jetzt schon gehen oder lieber später?"

„Ich habe Hunger, lass uns sofort gehen."

„Okay, ich hole meinen Mantel und bin gleich zurück."

Wir gingen eingehakt über die Straße zu unserem Italiener, wir waren uns einig, heute gab es Spaghetti mit Lachs in Sahnesoße. Eines war gewiss, er machte die besten Spaghetti Soßen weit und breit.

In dem urigen kleinen Lokal saßen wir immer in der gleichen Ecke. In der Zeit von zwölf bis vierzehn Uhr wurde diese für uns freigehalten, egal ob wir zu sechst oder nur zu zweit waren, wir durften an dem großen Tisch Platz nehmen.

Sergio, der Besitzer, begrüßte uns herzlich. „Ah, Signora Anna, Signora Ulrike, meine Wunderforscherinnen, kommt herein."

Höflich half er uns aus den Mänteln. Dann kam seine Frau Annabella aus den hinteren Räumen, breitete ihre Hände aus und rief, „meine Lieblinge sind da, hallo Anna, hallo Ulrike."

Wir wurden begrüßt, als kämen wir gerade aus der Schule oder aus einem langen Urlaub zurück, so freudig war jedes Wiedersehen.

Annabella war Mitte fünfzig, mollig und sehr attraktiv, ihre langen schwarzen Haare waren zu einem gepflegten Zopf geflochten, ihr Gesicht war dezent und gekonnt geschminkt. Sergio war ein typisch italienischer Mann, zierlich klein mit dunklen, dichten Haaren und modernem Schnitt. Er war so flink, wirkte jedoch niemals hektisch. War das Lokal gut besucht, erweckte es den Eindruck, er versorge alle Gäste gleichzeitig.

Wir nahmen Platz, er fragte nur kurz: „Wie immer?"

Ein Nicken unsererseits reichte aus, dann verschwand er in der Küche.

„Erzähl doch mal Anna, ich bin so neugierig. Hast du schon etwas unternommen, in Sachen Wiedersehen mit Thomas. Habt ihr telefoniert?"

„Ja, ich habe etwas unternommen. Angerufen habe ich auch und wollte ihn sprechen, aber er hat sich für heute entschuldigt."

Sie griff mit ihrer Hand über den Tisch und nahm meine in die ihre. „Ulrike, können wir die Sendung heute bitte zusammen ansehen?"

„Gerne, möchtest du zu uns kommen? Dann packe deinen Schlafanzug ein, du kannst bei uns im Gästezimmer übernachten."

„Danke, ich komme gerne. Ich denke aber, ich fahre danach gleich wieder heim."

„Wie war dein Gefühl beim Interview, habt ihr danach noch miteinander sprechen können?"

„Nein! Ich weiß nicht, wie ich es sagen soll, aber ich habe ein eigenartiges Gefühl. Ich versuche einmal, dir das zu beschreiben", druckste Anna herum.

„Okay, ich lausche."

Unser Essen wurde gebracht, mit einem breiten Grinsen wünschte Sergio uns einen guten Appetit.

Darauf begann Anna ihre Gefühle zu beschreiben.

„Bei dem Interview erweckte er den Eindruck, als wolle er dieses schnell und mit oberflächlich zurechtgelegten Fragen runterrattern. Zu Beginn habe ich ein Scherzchen gemacht. Er hat es nicht gleich verstanden und ich dachte schon, ich hätte ihn durch diese Kleinigkeit aus dem Konzept gebracht. Er gab mir mit einem Wink zu verstehen, ich solle weitersprechen. Auf mich wirkte es, als hätte er Kopfweh oder so.

Er war da, aber irgendwie auch nicht. Verstehe mich jetzt nicht falsch, die ganze Situation wirkte auf mich, als sei nur sein Körper anwesend gewesen."

„Du sagst, du hast dich verliebt", unterbrach ich sie, „das geht nicht, wenn nur seine Hülle anwesend war."

„Zum Schluss war er wieder anwesend. Als ich seine Hand hielt, hatte ich das Gefühl, meine Hand sei in dem Moment sein einziger Halt und da glaubte ich, ihn kurz zu sehen. Also seine Seele. Die Vermutung klinkt nun vielleicht etwas verrückt und du glaubst jetzt bestimmt, ich denke mir das alles nur aus?"

„Das sagst du gerade der Richtigen! Erinnere dich bitte an die Zeit in der Schweiz, als ich die Vorahnung hatte, Jean könnte sterben. Und denke auch an deinen Zusammenbruch in Lourdes. Wenn du die Situation mit Thomas so empfunden hast, dann wird daran wohl etwas sein. Dies lässt sich jetzt noch nicht erklären oder beweisen."

Ich legte meine Hand auf die ihre und beruhigte sie: „Keine Sorge Anna, rede einfach, das hilft. Wenn du aus dem Fenster fliegst, weil du glaubst, du hättest Flügel und einen Heiligenschein, dann halte ich dich schon fest oder schließe das Fenster bevor du hinausfliegst. Du bist schon sehr realistisch, also rede weiter."

„Na ja, da ist noch etwas, was mir aufgefallen ist, ich habe nun Bedenken, ich könnte einen Hang zu schwierigen Männern entwickeln. Er wirkte nicht nur abwesend, sondern sah irgendwie schlecht aus, nicht schlecht im Sinne von nicht gutaussehend, du verstehst? Seine Augen waren eingerahmt von dunklen Rändern, sein Blick war leer und seine Hände waren eiskalt und schweißnass. Mir hat es nichts ausgemacht, seine Hand zu halten, bei jedem anderen hätte ich sie vor Ekel zurückgezogen. Dabei blickte ich in sein Gesicht, sah seinen schmalen Mund und seine Müdigkeit."

„Vielleicht hatte er schlecht geschlafen?"

„Nein, so eine Müdigkeit war das nicht, er wirkte des Lebens müde."

„Oh Gott Anna, meinst du nicht, du übertreibst jetzt?"

„Siehst du, das habe ich gemeint."

Sie lehnte sich zurück in den Stuhl und schaute aus dem Fenster, wieder den Blick auf mich gerichtet, sprach sie weiter: „Ich übertreibe nicht. Als ich mich verabschiedete und seine Hand hielt, da sah er mich nur kurz an und da ist es passiert, für einen Moment war er, Thomas, anwesend, so wie ich ihn gesehen hatte im letzten Jahr. Diesen Blick werde ich niemals vergessen. Er schien zu sagen, dich liebe ich schon lange, jetzt kann ich grad nicht, vielleicht im nächsten Leben."

„Also, meine Vorahnungen machen mir ja manchmal Angst, aber deine Sichtweise eurer Begegnung, muss ich erst verdauen. Dennoch glaube ich dir, dass es so war und, Liebes, ich werde dir helfen, darauf gebe ich dir mein Wort. Ich hätte an deiner Stelle jetzt Angst um ihn. Meinst du nicht, du solltest ihn suchen?"

„Ja, ich mache mir Sorgen. Angst um ihn habe ich nicht. Thomas ist ein erwachsener Mann. Eher habe ich Angst um mich, dass das, was ich geben möchte, nicht ankommt oder nicht gewünscht ist.

Ich werde ihn suchen und auch finden, das habe ich mir fest vorgenommen. Andreas kennt ihn doch näher oder nicht?"

„Er hat nie von ihm gesprochen, nach unserer Begegnung im letzten Jahr hat er ihn nur kurz im Zusammenhang mit einem Kollegen erwähnt, der auch auf unserer Hochzeitsfeier war. Vielleicht kannst du dich erinnern, Sven und seine Frau Karin, sie waren bis zum Schluss dabei."

„Vage. Die könnten mich umlaufen, ich würde sie nicht wiedererkennen. Morgen fahre ich einmal zum Sender und schaue, ob ich ihn abfangen kann. Vielleicht erfahre ich dann mehr über ihn."

„Sascha hat vielleicht gar nicht so unrecht, wir sollten selber im Internet über ihn recherchieren. Unter Umständen stoßen wir auf Informationen, die sein Verhalten begründen oder die Trigger dafür sein könnten."

Anna blickte auf ihre Uhr: „Oh man, ich habe jetzt einen Termin."

Sie holte ihr Handy aus der Tasche, drückte ein paar Tasten, dann sprach sie: „Guten Tag Frau Weltert, ich habe jetzt einen Termin bei Ihnen, bin allerdings noch unterwegs, passt es bei Ihnen auch in einer halben Stunde noch? Gut, dann bis gleich, vielen Dank."

Anna packte ihre Tasche und erhob sich, am Ausgang stand Sergio schon und hielt ihren Mantel bereit. Mir warf sie einen Handkuss zu, mit den Worten „Tschau Püppi, bis heute Abend und Danke!" verließ sie das Lokal.

Ich saß noch einen Moment da, schaute aus dem Fenster. Wie sehr wünschte ich ihr eine Partnerschaft, eine Liebe. Anna hatte sich verändert, sie war engagiert, menschlicher, als vorher, aufmerksamer und für mich eine Freundin, die ich nicht mehr missen wollte. Zusammen waren wir unschlagbar. Alle unsere Mitarbeiter waren der Meinung, nur mit dem Gespann Anna und Ulrike vor der Kutsche würden sie in den Wagen des Fortschritts einsteigen.

Ich war auch nicht traurig, dass keiner meiner Freunde fragte, was mein Arzt gesagt hatte. Im Grunde beruhigte es mich sogar, dass Anna alle Aufmerksamkeit auf sich zog und dabei von mir ablenkte. Zudem fehlten mir die Worte, wie ich meine Diagnose allen beibringen sollte, zumal ich Andreas auch noch nicht davon berichtet hatte.

Mir fiel ein, er hatte auch noch nicht gefragt. Das gab mir jetzt zu denken. Dann erinnerte ich mich, dass ich schon schlief, als er heimkam. Heute Morgen hatte ich vor meinem Fenster sitzend beschlossen, diese Nachricht nicht zu überbringen, wenn bis zum Abend noch der ganze Tag zu bewältigen war. Dafür war die Nachricht zu persönlich und würde unter Umständen auch einiges an Änderungen in unserer weiteren Planung bedeuten. Ich wollte einen guten Abend erwischen oder bis zum Wochenende warten. Das würde er allerdings nicht verstehen, denn es war ja erst Dienstag. Heute ging es wieder nicht, weil wir mit Anna die Aufzeichnung des Interviews anschauen wollten.

Träumend verließ ich das Lokal. Sergio gab mir einen Kuss auf die Wange und lächelte mir zum Abschied zu.

Auf meine Aufgaben im Büro konnte ich mich nicht richtig konzentrieren. Zu viele private Dinge gingen mir durch den Kopf. Zudem war ich müde vom guten Essen. Ich kochte mir einen Tee, in dem Moment ging die Eingangstür auf und Andreas stand vor mir.

Mein Herz machte vor Freude einen Sprung und ich hatte das Gefühl, ihn eine Ewigkeit nicht gesehen zu haben. Er wirkte abgehetzt, lachte mich an und ich sagte leise zu ihm: „Oh man, weißt du eigentlich, wie sehr ich dich liebe?" Er kam auf mich zu, nahm mich in die Arme und sprach leise in mein Ohr: „Mein Schatz, ich liebe dich auch sehr und ich habe dich vermisst, heute mehr als sonst, geht es dir gut?"

„Ja", hauchte ich in sein Ohr. „Magst du auch einen Tee oder lieber Kaffee?"

„Lieber Kaffee.", mit den Worten setzte er sich in den bequemen Sessel in meinem Büro, schlug die Beine übereinander und berichtete von der Entwicklung unseres neuen Projektes.

Seine erfrischende Erzählung wühlte mich richtig auf. Voller Elan arbeitete ich bis neunzehn Uhr. Dann fuhr ich heim. Andreas war schon eine Zeit lang vor mir zu Hause und hatte eine Kleinigkeit zu Essen vorbereitet. Ich sprang schnell noch unter die Dusche.

Als ich herunterkam, war Anna schon da, wir aßen zu dritt. Danach machten wir es uns auf der Couch bequem und verfolgten das Interview, welches wir als einen gelungenen Fernsehauftritt beurteilten und Anna zu ihrer Vorstellung unseres Magazins beglückwünschten.

Andreas stand auf und sagte: „Sehr gut Anna, sehr gut gemacht. Aber den Thomas hätte ich nicht wiedererkannt, wann haben wir ihn im letzten Jahr getroffen?"

„Im Oktober", sagte ich.

„Der Mann braucht eine Kur. Ich lasse euch mal allein, muss noch etwas lesen für einen Termin morgen. Komm gut heim, Anna."

Mit den Worten ging er die Treppe hinauf.

Anna erhob sich ebenfalls und sagte: „Ulrike, sei nicht böse, aber ich muss jetzt schon fahren, ich bin müde, wir sehen uns morgen früh in der Redaktion."

Ich begleitete Anna zur Tür, unsere Verabschiedung dauerte dann doch noch eine halbe Stunde. Wir erinnerten uns daran, dass Johanna bald Geburtstag hatte, und dass wir ihr eine Reise schenken wollten. Wir kamen, so zwischen Tür und Angel, zu keinem Ergebnis, wohin die Reise für Johanna gehen sollte, aber ein paar Grundideen waren auf jeden Fall dabei.

Andreas lag schon im Bett und las in einem Skript, ich kuschelte mich an seine Schulter und fragte ihn: „Kennst du den Thomas eigentlich?" Andreas küsste mich, während ich auf eine Antwort wartete, schlief ich ein.

Kapitel 7
Unterwegs in Sachen „Thomas" und „Kita"

Anna saß schon an ihrem Schreibtisch und blickte konzentriert auf den Bildschirm ihres Computers, als ich am Morgen in die Redaktion kam.

„Ulrike, kommst du bitte einmal. Schau, so sah er noch vor einem Jahr aus."

Ich wusste sofort, von wem die Rede war. Ich rückte mir einen Stuhl neben Anna zurecht. Wir fanden eine Menge Informationen über Thomas. Seine Laufbahn war beachtlich und als Korrespondent war er weit herumgekommen. All die Erinnerungen an die genannten Schauplätze, lösten in mir ein gruseliges Gefühl aus.

Mit seinen Erfahrungen wollten wir nicht tauschen, die Berichterstattungen waren nicht im Geringsten mit denen des Tageslichtreports zu vergleichen.

Er war immer leibhaftig dabei gewesen und musste zusehen, wie unschuldige Menschen inmitten von Kriegen niedergemetzelt wurden.

Nach drei Jahren beendete er seine Laufbahn, als Auslandskorrespondent und arbeitete für fünf weitere Jahre als Nachrichtensprecher beim >WNS<. Dort war er sehr erfolgreich und galt als Publikumsliebling.

Bald darauf moderierte er seine eigene Sendung mit dem Namen, >>SichtTV<-<.

Wir hatten die Sendung nicht so häufig gesehen. Zudem hegten wir den Verdacht, die Berichte dienten Politikern als Plattform, die Welt schlecht zu machen und das Publikum zu verunsichern. Andreas hatte ein paar Mal hineingeschaut und meinte die Interviewpartner waren ein Highlight im >>SichtTV<-<. Ansonsten starb nur wenig von dem, was dort tot gesprochen wurde.

Damit meinte Andreas nicht den Tod eines Menschen, sondern die vielfach totgesagten Projekte oder unsere totgesagte Wirtschaft in Deutschland.

Wie meine Angewohnheit, nicht gleich am Morgen das Radio einzuschalten, nahm ich auch Abstand von solchen TV Sendungen.

Anna saß vor dem Computer. Mit geöffnetem Mund vor Erstaunen sagte sie: „Ulrike, ich glaube der Mann ist eine Nummer zu groß für mich. Der hat bestimmt viel auf dem Kasten und ´ne Menge zu verarbeiten, da kann ich nicht mitreden und unter Umständen kann ich das auch nicht auffangen, was er so alles erlebt hat."

„Vielleicht will er das gar nicht?!"

„Was will er nicht?"

„Na, dass man mitredet und ihn auffängt. Vielleicht braucht er jemanden, der zuhört, was sein Herz zu sagen hat. Seit wann stellst du dein Licht so unter den Scheffel? Du hast schon so viel Mut bewiesen, also zieh dich jetzt nicht zurück in dein Schneckenhaus. Rufst du ihn gleich an?"

„Ja, ich habe zwar nur die Telefonnummer vom Sender, dennoch hoffe ich, dass er da ist."

„Okay, ich drücke dir die Daumen, ich muss jetzt los, ich habe gleich einen Außentermin."

„Wie weit ist Andreas' Team eigentlich, mit der Planung für den Kitabereich unten im Haus?"

„Er kommt voran, obwohl nun sicher ist, dass wir keine Förderung von der Stadt bekommen. Wir müssen sie als rein private Einrichtung selbst finanzieren."

Johanna kam zur Tür herein: „Bedeutet das jetzt, wir bekommen keine Förderung für die Kita, nur weil die vorhandenen Plätze ausschließlich von unseren Angestellten belegt werden?"

„Genauso ist es. Die Allgemeinheit, so sagt man, hat keinen Nutzen davon. Wir erwecken den Anschein, als sei unsere Kita eine Einrichtung mit ausschließlich privatem Interesse. Aber haltet euch fest, wir haben dennoch jegliche Auflagen zu erfüllen, wie bei einer öffentlichen Kitaeinrichtung. Die Aufsichtsbehörde wartet schon auf den Tag der Erstbegehung.

Ohne Förderung ist das schon ein enormes Paket für uns. Vor allem für die Familien, die darauf angewiesen sind. Morgen wissen wir mehr", beruhigte ich Johanna.

Die Nachricht über die Diskussion der lohnanpassenden Kitaplatzeinrichtung war noch nicht vollständig bis zu Johanna durchgedrungen. Anna zog die Augenbrauen hoch. „Gut prima, ich denke es wird Zeit, euch allen die Neuigkeiten mitzuteilen, bevor im Haus Gerüchte kursieren. Also bitte kein Wort an die anderen! Wir setzen uns morgen alle an einen Tisch. Ich blocke uns mal die Nachmittagsstunden. Bist du morgen Nachmittag da, Johanna? Ohne dich macht eine Besprechung zu dem Thema keinen Sinn."

„Ich denke, das lässt sich einrichten. Sascha kommt gleich mit den Kindern. Ich frage ihn, ob wir die Kinder zu Frau Matthies bringen können.

„Wenn man von Engeln spricht!", rief Johanna erleichtert. Im Flur unserer Redaktion wurde es laut. Kinderstimmen und eine Männerstimme, die die kleine Bande im Zaum halten wollte, füllten die Räume.

Sascha war mit Johannas jüngsten Kindern, Mimi und Penny, gekommen.

Penny war jetzt zweieinhalb Jahre alt und ein kleiner Wildfang. Mimi war schüchterner und sehr zurückhaltend. Wir sollten sie auch nicht Mimi nennen, aber wir waren so festgefahren und sie selbst schien nichts dagegen zu haben. Ihr richtiger Name Miriam.

Weil sie sich, als sie sprechen lernte, selbst so nannte, nannten sie auch alle anderen so. Johannas älteste Tochter Lisa war schon in der Schule. Seit Sascha auch bei uns arbeitete, brachte er sie an jedem Morgen zum Unterricht. Somit hatte Johanna mehr Zeit, die beiden Kleineren für den Tag vorzubereiten. Bis Anfang des Jahres war Penny oft mit in die Redaktion gekommen. Jetzt war sie zu fordernd und musste auch gezielt gefördert werden. Frau Matthies bot sich als Tagesmutter für Penny an und nahm auch die anderen beiden, wenn Sascha und Johanna keine andere Lösung hatten. Das kam nicht oft vor.

Penny rief mit heiserer Stimme: „Urike wo bist du?" Süß, wie sie meinen Namen aussprach. Sie hatte Schwierigkeiten ein "L" auszusprechen. Allerdings wenn ein „N" einem „SCH" folgte, dann setzte sie dort ein „L" ein. Wir waren sicher, bald würde sie die Buchstaben dort einsetzen, wo sie hingehörten. Sascha meinte, wenn dem nicht so wäre, dann wäre ihre Art zu sprechen auch im Alter noch süß.

„Hier bin ich, Zwerg!" Ich stand auf, ging auf den Flur und breitete meine Arme aus. Penny raste los und sprang mir in die Arme. Ich bekam viele Küsschen und wurde gedrückt. Dann wurde Anna in Beschlag genommen. Penny kletterte auf ihren Schoss und bot ihr an, ihr heute zu helfen und ganz viele Briefe auf dem PC zu tippen.

„Ne, ne!", stoppte Johanna das Temperament von Penny. „Heute hast du mal frei Zwerg und wenn du unbedingt arbeiten möchtest, dann räumst du daheim einmal dein Zimmer auf."

Mufflig verschränkte Penny ihre Arme und hopste von Annas Schoß. Ich hatte mir Mimi geschnappt und ihr die neuen Bilder in unserem Flur gezeigt.

Sie malte gerne und freute sich, wenn ich wieder einige von ihren neuen Bildern gegen die alten ausgetauscht hatte.

Der Termin für die Besprechung am morgigen Tag wurde festgelegt, dann verabschiedete ich mich, ich hatte einen Außentermin. Als mich beim Hinausgehen Johannas Blick traf, kniff sie fragend die Augen zusammen, so als wollte sie sagen: ‚Gibt's was Neues bei dir?' Aber ich konnte mich auch getäuscht haben.

Penny rief hinter mir her: „Urike, schüss komm schlell wieder!"

„Ja, das mache ich Zwerglein, versprochen", lachte ich.

Johanna sah Anna fragend an: „Weißt du was?", dabei zeigte sie mit dem Daumen hinter sich auf die Ausgangstür.

„Nein, was meinst du?"

„Na, ich meine Ulrike, da stimmt doch was nicht?"

„Meinst du? Wie kommst du darauf?", fragte Anna.

„Ach ist auch egal, vielleicht ist es auch nur ihre Freude über deine Verliebtheit. Wie kommst du eigentlich weiter, in Sachen Thomas?"

„Das stellt sich gleich heraus, ich rufe im Sender an."

Johanna klatschte in die Hände, um sich Gehör bei ihren Kindern zu verschaffen.

„Kinder, kommt wir gehen, Anna muss sich um ihre Zukunft kümmern."

Die beiden Frauen umarmten sich herzlich, dann verschwand Johanna mit ihren Zwergen und Sascha aus der Redaktion.

Es war so still, man hätte eine Stecknadel fallen hören können. Niemand war in der oberen Etage. Anna konnte somit in aller Ruhe telefonieren.

„Guten Tag, mein Name ist Anna Verderstett, ich möchte gerne mit Herrn Riebering sprechen, ist er im Haus?"

„Guten Tag, ja er ist im Haus. Ich schau mal, ob er frei ist, wie war Ihr Name noch gleich und worum geht es genau?"

„Wie war noch Ihr Name?", fragte Anna scharf zurück.

„Oh, den hatte ich nicht gesagt? Mein Name ist Frau Hilmig."

„Dann, liebe Frau Hilmig, möchte ich nicht unhöflich sein, mein Name ist Anna Verderstett, ich war am Montag erst in der Sendung >>SichtTV<-<, und ich möchte mit Herrn Riebering über unser gemeinsames Interview sprechen."

Ohne einen Hinweis von Frau Hilmig landete Anna in der Warteschleife. Die Wartezeit wurde mit Musik untermalt.

Anna dachte bei sich, die Servicemitarbeiter werden auch immer unpersönlicher und wissen überhaupt nicht mehr, was hinter den Kulissen gespielt wird. So eine Person, die sich nicht einmal gleich den Namen merken konnte, hatte in so einem Sender wohl nichts verloren. Gut, dass wir unserer Johanna die Schulung des Personals für den Telefonservice überließen. Wenn sie nicht so großen Wert auf persönliche Betreuung legen würde, gäbe es bestimmt mehr verärgerte Kunden und weniger Arbeit für alle. Solche Erstgespräche sind unter Umständen ausschlaggebend für die Basis einer weiteren Zusammenarbeit.

Die Wartemusik verstummte und Frau Hilmig sagte: „Hören Sie Frau Fettersteg?"

„Verderstett", berichtigte Anna sie.

„Ja, Tschuldigung, Herr Riebering ist nicht zu sprechen."

„Hat er gesagt, wann ich wieder anrufen kann?"

„Nein, Sie haben nicht gesagt, dass ich danach fragen sollte."

„Gut, dann richten Sie ihm bitte meine Grüße aus, und dass ich gerne mit ihm sprechen möchte. Er kann mich auch zurückrufen, soll ich Ihnen meine Nummer geben?"

„Worum geht es?", fragte Frau Hilmig wieder.

„Das würde ich ihm gerne selbst sagen", antwortete Anna verärgert.

„Gut!", sagte die Frau schnippisch und beendete das Gespräch.

„Die würde ich feuern, aber sofort!", schimpfte Anna vor sich hin. Wütend knallte sie ihr Telefon auf den Schreibtisch. Dabei flog der Rückdeckel vom Telefongehäuse ab. „Du doofes Telefon!" Sie versuchte den Deckel wieder zu befestigen, dabei fluchte sie über die billige Bauweise und schlechte Stabilität, mit der das Gerät zusammengebaut war.

„Was ist labberig? Liebes Anna." Sascha kam durch die Tür.

„Du kommst gerade recht. Hier, mach heile, Robin der kaputten Telefone und Retter der hilflosen Mitarbeiter", sagte sie zu ihm.

„Wer hat dich denn geärgert?"

„Ach, so eine unhöfliche Servicetante am Telefon!"

„Wen hast du angerufen? Den Service vom Telefondienst? Wählen sie die sieben, wenn ihr Telefondeckel abgefallen ist. Oder die sechs, wenn sie zu Mittag Spaghetti wünschen …?"

„Nein! Die Redaktion vom >>SichtTV<-<."

„Soll ich Kaffee holen?", sagte Sascha schnell, um Anna zu zeigen, dass er wusste, sie hatte ein ernsteres Problem, als das lose Telefongehäuse.

„Ja, bitte!", sagte sie eindringlich, weicher fügte sie hinzu, „das wäre nett."

Anna war froh, dass Sascha ihr signalisierte, dass er ein wenig Zeit hatte.

„Oh, das klingt schlimmer als ich dachte. Beruhigungs-mittel wären wohl angebrachter?!"

„, Nein, eher Trostpflaster."

„Will Thomas nichts von dir wissen?", fragte er freiheraus.

„Das weiß ich nicht, er lässt sich verleugnen."

„Bin gleich zurück."

Anna fühlte sich nicht gut, sie glaubte allmählich, sie könnte sich die Blicke nach dem Interview nur eingebildet haben. Jetzt wurde sie mutlos, den nächsten Schritt zu unternehmen. Wenn er etwas von ihr wollte, konnte er sich auch bei ihr melden. Sie war sich sicher, dass er ihre Blicke auch wahrgenommen hatte.

Nach einem gemeinsamen Kaffee mit Sascha hatte dieser auch eine Idee, welche unter Umständen zur Lösung ihres Problems führen könnte. Sascha ermutigte sie, Thomas am Abend auf dem Parkplatz des Senders abzufangen.

Er telefonierte noch einmal mit dem Sender und sprach mit der Dame am Servicetelefon. Charmant, wie er war, entlockte er Frau Hilmig die Uhrzeit, zu der Thomas am Abend die Redaktion verließ. „Bei uns könnte kein Anrufer unseren Mitarbeitern so eine persönliche Information entlocken", sagte Sascha entrüstet, nachdem er aufgelegt hatte.

Anna war bis zum Abend durch ihre Arbeit abgelenkt und dachte auch nicht an Thomas. Kurz nach 17 Uhr schaute sie erschrocken auf die Uhr, ging ins Bad, machte sich ein wenig frisch, trug Lippenstift auf und eilte aus der Redaktion. Sie wurde nervös und überlegte, was sie ihm eigentlich sagen wollte. Sie brauchte einen Vorwand, einfach nur Danke sagen für das gelungene Interview, war ihr zu wenig. Ach es wird mir schon etwas einfallen, wenn ich ihm erst gegenüberstehe, dachte sie.

Auf dem Parkplatz angekommen, parkte sie ihr Auto so, dass sie den vorderen Ausgang und den Parkplatz im Blick hatte. Würde er den hinteren Ausgang wählen, dann könnte sie sehen, wie er zu seinem Wagen ging.

Eine halbe Stunde stand sie dort. Als sie sich bereits entschlossen hatte nicht länger zu warten, kam Thomas aus dem Hinterhof und steuerte auf sein Auto zu.

Anna atmete tief ein. Den Mut ihr Auto zu verlassen, konnte sie nicht aufbringen, denn als sie ihn jetzt sah, dachte sie, wie kindisch es für ihn aussehen musste, wenn er merkte, dass sie ihm auflauerte. Sie drückte den Startknopf und fuhr davon.

Der abrupte Start erweckte Thomas' Aufmerksamkeit. Er schaute hoch. Erst im letzten Moment erkannte er Anna. Frau Hilmig hatte ihm am Morgen die Grüße von Anna ausgerichtet, er wollte nicht telefonieren, jetzt bereute er es. Trotz seiner Verfassung freute er sich, dass Anna auf dem Parkplatz auf ihn gewartet hatte und ihn, so schien es, abfangen wollte. Doch aus welchem Grund auch immer war sie weggefahren, er hätte ihr mehr Mut zugetraut. Er überlegte, ob es aus seiner Sicht eine Möglichkeit gab, dass er über seinen Schatten sprang und ohne die Angst nicht gut genug zu sein, einfach einen Anfang wagte.

Als er im Auto einen Blick in den Spiegel warf, wusste er, warum er nichts unternahm.

Anna öffnete ihre Wohnungstür, legte ihr Handy auf die Kommode und sah, dass sie eine SMS von Sascha erhalten hatte. Kurz und knapp stand dort nur, „und?!".

Anna schrieb zurück, „Nichts!". Eine Sekunde später klingelte das Telefon. Es war Sascha.

Sie erzählte ihm, wie feige sie gewesen war.

Sascha schaltete den Lautsprecher ein, dann telefonierten sie zu dritt weiter, Anna, Sascha und Johanna.

Als Anna zu Bett ging, starrte sie die Zimmerdecke an. Sie war ein wenig verzweifelt, dennoch freute sie sich, so viel Unterstützung von ihren Freunden bekommen zu haben.

Nachdem ich am Morgen die Redaktionsräume betrat, machte sich mein spätes Erscheinen gleich bemerkbar. Emsig liefen unsere Mitarbeiter durch die Bürogänge, plauderten durcheinander und begrüßten mich freundlich. Einige mit einem Becher Kaffee in der Hand, andere mit Unterlagen unter dem Arm. Bis jeder seinen Arbeitsplatz erreichte, vergingen ein paar Minuten. Ich schaute in Annas Büro, sie telefonierte. Mit einer Handbewegung deutete sie an, dass sie im Anschluss in mein Büro kommen wolle. Johanna kam gerade über den Flur, umarmte mich und schaute mich wieder so eigenartig an.

Mit den Worten: „Ich werde es schon erfahren.", ging sie schwungvoll weiter.

Ich zapfte mir einen Kaffee, öffnete das Fenster in meinem Büro und atmete tief die kalte Luft ein.

Es war bereits April und noch sehr kalt, ich freute mich so sehr auf den Frühling.

All unsere Konzeptunterlagen, Finanzpläne nebst Gesamtkostenaufstellung von Andreas, für unsere

Kitaeinrichtung hatte ich bereits mit in mein Büro genommen.

Auch die Unterlagen, die die Örtlichkeiten beschrieben. Sowie Johannas Aufstellung des benötigten Personals und Saschas Beschreibung und Kostenaufstellung für die Kommunikationseinrichtungen und das Mobiliar.

Annas Anträge an die Behörden und deren Absagen waren auch dabei. Insgesamt bekam die Sammlung der Unterlagen einen enormen Umfang. Ich war mir nicht sicher, ob die Zeit für die Sitzung am Nachmittag dafür ausreichte.

Jetzt musste unser Plan B, Kita nicht öffentlich, also ein neues Lohnprogramm für Angestellte mit Kindern her. Ansonsten hätten wir ernsthafte Probleme, das Projekt dauerhaft zu finanzieren. Unseren Umbau und die Einrichtung wollten wir über ein Darlehen finanzieren. Damit wir in der Sitzung schneller zu einem Ziel kamen, besprach ich mich im Vorfeld mit Johanna.

Als ich später in mein Büro zurückkam, erschrak ich.

Tante Jessica stand da an meinem Fenster und blickte hinaus.

„Jessica! Was für eine Überraschung, warum hast du nicht gesagt, dass du in dieser Woche schon kommst? Ich habe gedacht, du wolltest erst nächste Woche anreisen. Ich hätte mir freigenommen."

Voller Freude, aber auch einer gewissen Vorahnung, sie könnte nicht allein unterwegs sein, begrüßte ich sie mit einer entsprechenden Zurückhaltung. Was mich im selben Moment ärgerte, denn sie hatte eine Zurückhaltung meinerseits nicht verdient. Sie wirkte so liebevoll, weich und warm. Sie war immer noch eine sehr schöne Frau.

Ich gab mir also einen Ruck und drückte sie fest an mich.

„Tantchen, ich freue mich so, dich zu sehen."

„Das ist schön, Liebes. Ich freue mich auch. Ich habe mir gedacht, eine Woche vor Johannas Geburtstag hier zu sein, wäre vielleicht ganz gut. Ihr habt so viel Arbeit mit eurem Kita-Projekt. Johanna benötigt vielleicht noch Hilfe bei den Vorbereitungen für ihre Feier. Außerdem könnten wir ihr die Kinder zeitweilig abnehmen."

„Wo sind deine Sachen? Möchtest du sie schon zum Haus bringen? Möchtest du mein Auto nehmen?", lenkte ich schnell ein. Weil ich das, „wir", in ihrem Satz bewusst erst einmal so deuten wollte, als meinte sie uns alle, also Jessica, Andreas, Sascha, Anna und mich. Dabei dachte ich mir ja bereits, dass sie nicht alleine unterwegs war. Aus Sorge jetzt vor vollendete Tatsachen gestellt zu werden, hoffte ich, sie würde sich mit ihrer Begleitung nicht bei uns einquartieren.

„Nein, ich bin seit gestern hier und zur Abwechslung gönne ich mir zwei Wochen Aufenthalt in einem Wellness Hotel. Ich wollte euch überraschen, bin spontan angereist, das Hotel hatte zufällig auch noch Zimmer frei. Außerdem kann ich nicht erwarten, dass dir mein Besuch immer gelegen kommt, zudem reise ich nicht allein."

Den Nachsatz sagte sie leiser und schneller. Die vielen Informationen machten mich erst einmal sprachlos. Jetzt wollte ich allerdings auf keinen Fall darüber sprechen, also tat ich so, als hätte ich es nicht gehört.

Das war nun die zweite notwendige Unterhaltung, die ich auf einen geeigneteren Zeitpunkt verschieben wollte. Der richtige Zeitpunkt für die Unterhaltung mit Andreas, sowie der Zeitpunkt mit Jessica zu sprechen, waren noch nicht in Sicht. Wenn das so weiterging, dann schob ich bald eine Menge vor mir her.

Um jetzt heile aus dieser Situation herauszukommen, antwortete ich schnell:

„Tante Jessica, ich muss mich auf eine Sitzung heute Nachmittag vorbereiten, wollen wir heute Abend essen gehen oder kommst du zu uns?"

Meine Tante antwortete mit liebevoller ruhiger Stimme: „Ulrike, heute habe ich keine Zeit, ich gehe in die Oper. Ich wollte auch nur kurz Hallo sagen und dich fragen, ob es dir in dieser Woche vielleicht einmal möglich wäre, einen Vormittag mit mir zu verbringen, bummeln in der Stadt, Kaffee trinken und gemeinsam zu Mittag essen? Ich habe dir viel zu erzählen. Was hältst du davon?"

Der Vorschlag meiner Tante kam mir wie gerufen, weil ja auch ich ihr etwas sagen wollte. Da ich nun Sorge trug, ich könnte die Reihenfolge, wem ich zuerst von meinem Geheimnis berichte, nicht einhalten, machte ich ihr den Vorschlag, dass wir uns gleich am nächsten Morgen treffen könnten und ich sie um neun Uhr im Hotel abholen würde. Somit könnte ich heute Abend mit Andreas darüber sprechen. Dann umarmte ich sie und schob sie sanft aus meinem Büro. Sie nahm noch schnell ihren Mantel vom Stuhl und schaute mich an, als wollte sie doch lieber noch bleiben. In der Tür blieb sie stehen und sagte: „Auch du hast mir etwas Neues mitzuteilen. Vielleicht sollten wir uns den ganzen Tag Zeit nehmen. Noch etwas", mit erhobenem Zeigefinger sagte sie lachend, „eine aufgesetzte Miene, mein Engelchen, steht dir nicht!" Dann verließ sie die Redaktion.

Ich stand da wie ein begossener Pudel. Durchschaut! Das war nicht gut, aber solange ich mich nicht rechtfertigen musste, konnten alle denken, was sie wollten. Klar hatte ich etwas zu sagen, aber alles hübsch der Reihe nach. „Bloß nicht drängeln", sagte ich laut zu mir.

Und jetzt war sowieso erst einmal unser Kita-Projekt an der Reihe. Erleichtert darüber nicht in die Bredouille geraten zu sein, ging ich beschwingt in unser Sitzungszimmer. Ich war noch zu früh, kehrte zurück in mein Büro, nahm mir aus dem Kühlschrank einen Joghurt, setzte mich vor mein geöffnetes Bürofenster und schlug zwei Fliegen mit einer Klappe, Frischluftzufuhr und Nahrungsaufnahme.

Alle anderen waren unterwegs und würden bestimmt gleich hereinkommen. Erschrocken fuhr ich aus meinem Bürostuhl auf, als ich Sascha auf dem Flur hörte. Ich war wohl kurz eingenickt. Schnell ging ich ins Besprechungszimmer, in dem mittlerweile alle versammelt waren.

Anna berichtete kurz über die Ablehnung der Stadt die Kitaeinrichtung finanziell zu unterstützen. Die Gelder dafür fehlten und die Zuständigen befürchteten auch, dass unsere Mitarbeiter bevorzugt würden. Dass auch sie zur Allgemeinheit zählten und einen Anspruch auf die Betreuung ihrer Kinder hatten, interessierte niemanden.

Ein Platz in der Einrichtung mit einer Unterstützung von der Stadt würde für die Eltern bedeuten, nur ein Viertel der Kosten aufbringen zu müssen. So die Kalkulation von Andreas. Pro Kind mussten die Kosten für eine Ganztagsbetreuung im Monat abgedeckt werden. Also feilten wir an einem Lohnprogramm.

Der Vorteil einer hauseigenen Kitaeinrichtung war in Anbetracht des sozialen Hintergrundes offensichtlich und ausschlaggebend dafür, diese Idee zeitnah umzusetzen. Eltern hatten den gleichen Arbeitsweg, wie die Kinder, dies bedeutete mehr gemeinsame Zeit, die Kinder waren unten im Haus, für Aktivitäten in der Kita konnte ein Elternteil schnell für eine Stunde freigestellt werden. Durch die Einrichtung einer hauseigenen Kantine hatten Eltern und Kinder die Möglichkeit auch die Mittagsmahlzeit gemeinsam einzunehmen. Der andere Elternteil, welcher nicht bei uns beschäftigt war, konnte auch von außerhalb anreisen und eine gemeinsame Mahlzeit mit dem Kind einnehmen, natürlich musste dies dann vorab angemeldet und die Kosten dafür selbst getragen werden.

Am Nachmittag waren Betreuungspersonen in der Kita, die zusätzlich Schulkinder in einem Raum während der Hausaufgaben betreuten. Danach konnten die Kinder am Freispiel teilnehmen oder ausruhen. Nachmittags wurden AGs angeboten. Anmeldungen hierfür gab es reichlich. Die geplanten Plätze waren somit belegt und die Räumlichkeiten bereits ausgenutzt. Die ausgewählten Erzieherinnen und eine Leiterin für die Kita waren für Montag geladen, um die Verträge zu besprechen.

Das Lohnprojekt konnten wir bislang nicht abzeichnen, es gab zu viele Lücken. Sascha stellte uns die neue Einrichtung vor. In einer virtuellen 3D-Ansicht auf seinem Beamer führte er uns durch die freundlich möblierten Räume der neuen Kita. Die Kosten hierfür wurden abgesegnet. Danach zog Sascha sich zurück, um weitere Einzelheiten mit dem Architekten zu besprechen.

Um achtzehn Uhr beendeten wir unsere, doch sehr anstrengende Sitzung. Andreas und ich fuhren zusammen nach Hause, meinen Wagen ließen wir vor der Redaktion stehen.

Kapitel 8
Ulrikes Geheimnis

Zu Hause angekommen schauten wir auf unseren Essensvorrat, der sich ziemlich dem Ende neigte. Zwei Fertigpizzen versprachen eine schnelle Zubereitung. Während ich den Tisch eindeckte, stellte Andreas Weingläser auf, ich wollte Protest anmelden, wartete aber noch, sonst hätte ich gleich weiterreden müssen.

Ich kannte ihn, war seine Neugier erst einmal geweckt, dann würde er mich mit Fragen über das Was und Warum bombardieren.

Er fragte, warum ich ihm noch nicht gesagt hätte, dass Jessica in der Redaktion gewesen war. Ich beteuerte, es vergessen zu haben. Als er dann fragte, warum sie nicht bei uns wohnte, erklärte ich ihm, dass Tante Jessica schließlich nicht allein wäre. Ich muss mich sehr ungeschickt ausgedrückt haben. Andreas ging nach meinem letzten Satz sofort unter die Decke, so hatte ich ihn noch niemals gesehen.

Er schimpfte: „Ulrike, deine Tante war immer für dich da und sie darf nicht bei uns wohnen, nur weil sie nicht alleine reist?! Hab ich dich da richtig verstanden? Das ist der Grund oder habe ich irgendetwas verpasst? Wenn dem so ist, dann lass dir sagen, deine Art tut mir weh, wenn ich zuhöre. Ich mag nicht daran denken, wie es Jessica geht, wenn du dich wirklich so verhalten hast!"

„Beruhige dich doch Andreas, sie ist spontan angereist und wohnt schon seit einem Tag im Hotel. Sie wollte uns nicht zur Last fallen, ich weiß auch nicht, mit wem sie reist, ich vermute es ist Dr. Monét.", schnippisch fügte ich leise hinterher: „Louis."

„Seit wann weißt du davon?"

„Wovon?"

„Na, von Louis", äffte er mich, in meinem vorab gewählten Tonfall nach.

„Seitdem wir in Frankreich waren."

„Hat sie was mit ihm?"

„Das weiß ich doch nicht! Ist mir auch egal!"

„Hey, sie ist deine Tante. Das kann dir doch nicht egal sein."

„Warum denn nicht?"

„Man, du verhältst dich wie ein kleines Mädchen."

„Und, was ist daran so schlimm?"

„Weil du erwachsen bist! Was soll denn das, Ulrike?"

Die Pizza war längst auf meinem Teller. Ich stocherte darin herum, Tränen liefen über mein Gesicht. Eigentlich wollte ich Andreas an diesem Abend etwas anderes erzählen. Jetzt sprach er ein schwieriges Thema an und es war mir nicht möglich auf das eigentliche umzulenken.

„Was ist denn mit dir mein Schatz, warum weinst du?", fragte Andreas nach einer kurzen Pause.

„Es tut halt weh! Jessica gehört zu Jean und nicht zu Louis!"

„Ulrike Schatz, was glaubst du wohl, was Jean jetzt zu dir sagen würde?"

„Ulrike, du bist ungerecht oder du bist albern, irgendwas in der Richtung, das weiß ich selber. Wie soll ich denn damit umgehen?"

„Vielleicht sprichst du einfach mit Jessica und hörst dir an, wie sie darüber denkt, danach kannst du immer noch ein Urteil fällen. Sie wird Jean immer lieben. Dr. Monét hat doch auch seine Frau verloren, vielleicht haben die zwei ein Arrangement, dass sie den Lebensabend miteinander verbringen möchten und die Verstorbenen daran teilhaben lassen möchten.

Was es auch immer ist, auf jeden Fall ist es erst einmal ihre Angelegenheit, wie sie die Einsamkeit besiegen."

„So hab ich das noch gar nicht gesehen."

„Rede mit Jessica und sage ihr, was du fühlst, sie wird's dir schon erklären. Komm mal zu mir, mein Liebling."

Er nahm meine Hand, zog mich auf seinen Schoß und sprach weiter, während er meine Tränen mit der Serviette abtupfte.

„Du bist für Jessica, wie eine Tochter, sie will dir bestimmt zuerst sagen, was sich in ihrem Leben verändert hat und was sie fühlt und denkt."

„So genau will ich es aber nicht wissen?!"

„Ja natürlich, auch das kannst du ihr sagen, aber Jessica ist intelligent, sie wird dir schon keine Einzelheiten berichten. Das hat sie ja vorher auch nicht getan oder hat sie dir etwa von ihrem Sexualleben mit Jean erzählt?"

„Nein niemals! Das hätte ich auch unterbunden."

„Siehst du, lass sie mal machen. Sie ist uns in vielerlei Hinsicht weit voraus, mit ihren Erfahrungen und in der Zeit. So, nun musst du etwas essen, magst du auch einen Wein?"

„Nein, keinen Wein bitte, ich möchte lieber ein Mineralwasser trinken.", dabei hielt ich abwehrend eine Hand hoch.

„Gut mein Schatz", erwiderte Andreas erschrocken, „ich wollte nicht schießen, selbstverständlich bekommst du Wasser."

„Wenn wir zu Ende gegessen haben, muss ich dir noch etwas sagen."

„Hm, das klingt ja spannend, erst geschieht nichts und dann überschlagen sich die Ereignisse plötzlich.

Anna verliebt sich, Jessica kommt zu Besuch, Du bringst Neuigkeiten von deinem Arztbesuch mit und Johanna hat bald Geburtstag."

Seine Aufzählung untermalte er mit einem spannenden Unterton.

„Andreas!", rief ich vorwurfsvoll aus, als hätte er mir die Überraschung kaputt gemacht. „Ich dachte, du hättest vergessen, dass ich beim Arzt war."

„Hey, ich kenne dich so gut mein Schatz. Du hast den richtigen Moment abgewartet mir davon zu erzählen, auch ich habe gewartet dich zu fragen, weil ich dich nicht in Verlegenheit bringen wollte. Es ist übrigens nicht mehr zu übersehen."

„Wie bitte!", ich blickte an mir herunter, „quatsch, ich hab noch kein Bäuchlein und zugenommen habe ich auch noch nicht."

„Das meine ich nicht, man sieht es dir im Gesicht an, deine Mimik ist noch weicher."

Andreas stand auf, ging in den Flur und kam mit einem kleinen Blumenstrauß zurück. Er überreichte mir den Strauß und ein winziges hübsch verpacktes Päckchen mit den Worten:

„Mein Schatz, geheiratet habe ich dich schon, das ist gut, bleiben will ich auch und jetzt bekommen wir ein Kind, mit diesem Geschenk möchte ich dir sagen, dass ich an deiner Seite bin. Ich liebe dich. Der Blumenstrauß musste im Versteck mitreisen, weil du ja heute Abend unbedingt dein Auto stehen lassen musstest. Er sieht ziemlich ramponiert aus, entschuldige bitte. Jetzt öffne das Päckchen, danach musst du mir sagen, was der Arzt gesagt hat. Wie es dir damit geht, ich bin so gespannt."

Er fasste mir auf den Bauch: „Ich freue mich so, wir bekommen jetzt auch so einen süßen Racker, wie Penny einer ist."

Ich war so ergriffen von seiner Art und davon, dass er es längst gemerkt hatte. Ich lachte und meine Tränen liefen gleichzeitig unaufhörlich.

Mit zittrigen Händen öffnete ich das kleine Päckchen.

Ein blitzender Ring lag dort wie ein Schatz eingehüllt in einem weichen Polster, sein geschliffener Diamant tanzte in meinen Tränen. Andreas nahm ihn aus dem Kästchen und setzte ihn mir auf den Finger. Er passte wie angegossen. Ich konnte nichts mehr sagen. Mit beiden Händen nahm ich sein Gesicht und küsste ihn, so wie ich ihn schon lange nicht mehr geküsst hatte, er zog mich ins Schlafzimmer. Wir liebten uns zärtlich und voller Leidenschaft, so als wäre es heute unser erstes Mal und wir spürten unsere Liebe, weil unsere Seelen miteinander tanzten.

Kapitel 9
Annas Plan

Anna stand in ihrer Wohnung am Fenster, schon um vier Uhr hatte sie wach in ihrem Bett gelegen. Als sie bis fünf nicht wieder eingeschlafen war, zog sie es vor aufzustehen. Sie malte sich aus, was geschehen wäre, wenn sie auf dem Parkplatz doch den Mut aufgebracht hätte, Thomas anzusprechen. Seit dem Interview fühlte sie sich sehr zu ihm hingezogen. Er wirkte so zerbrechlich, aber das war es nicht, was ihr an ihm gefiel. Sie hatte keinen Hang zu schwachen Männern, das wusste sie. Thomas musste voller Energie gewesen sein, wenn er es bereits bis in den Sender des >WNS< geschafft hatte. Seine Energie war noch nicht versiegt, das fühlte sie und wusste, tief in ihm schlummerte etwas und das weckte ihre Neugier. Sie glaubte, er müsse ein Mensch sein, der von starkem Idealismus geprägt war, eben eine Kämpfernatur, jemand der den Dingen auf den Grund ging. Ein Mann, der seinen Widersachern die Stirn bot, nach allem, was sie über ihn gelesen hatte. Sie fragte sich, ob er seine Energie nur hinter einer Fassade versteckte, um sich vor weiteren bitteren Erfahrungen zu schützen. Was machte ihn so mürbe? In ihr wuchs der Wunsch ihm zu helfen, wieder zu lachen, zu leben und zu lieben. Er hatte sie liebevoll angesehen, da war sie sich sicher. Sie sehnte sich nach ihm, sie wollte ihn sehen, so schnell wie möglich.

Sie überlegte, unter welchem Vorwand sie wohl einfach in den Sender marschieren könnte. Sollte sie einfach fragen, ob ihre Jacke dort aufgetaucht sei, weil sie diese seit dem Interview vermisste? Allerdings befürchtete sie zu sehr, dass die unfreundliche Servicekraft sie abwimmeln könnte. Sie sprach die mögliche Antwort von Frau Hilmig mit geäfftem Ton laut vor sich hin:

„Oh Frau Fettersteg, das tut mir leid, eine Jacke, wie sie sie beschreiben, haben wir nicht gefunden, die müssen sie wohl woanders vergessen haben. Lassen sie uns doch mal überlegen, wo sie an dem Abend noch waren … nein Herr Riebering ist nicht zu sprechen. Soll ich ihm etwas ausrichten, wir gehen heute Mittag zusammen essen."

So eine Antwort wollte sie sich ersparen. Außerdem würde sie der Dame noch auf die Füße treten, weil sie sie am Telefon Fettersteg genannt hatte. Sie wollte dieser blöden Tante nicht begegnen. Warum konnten nicht alle für einen Moment von der Erde verschwinden und nur sie und Thomas wären da, dann würden sie sich schon begegnen, da war sie sich sicher.

Der Gedanke an das Mittagessen brachte sie auf eine Idee. Manchmal musste man dem Schicksal doch ein wenig unter die Arme greifen. Nicht immer konnte man warten, bis man in Lourdes oder an anderen wunderbaren Stellen der Erde eine Vision bekam.

Da sie auch zusätzlich gleich an Robin, alias Sascha, dachte, reifte in ihr eine Idee heran.

Sie beschloss erst einmal unter die Dusche zu hüpfen, dann wählte sie ein Kleid aus, welches ihrer sportlichen Figur einen weiblichen Tatsch verlieh. Dazu eine passende Strumpfhose und einen leichten seidenen Schal, diesen warf sie flott um den Hals. Sie wählte schwarze Stiefel aus mattem Leder und eine passende Handtasche.

Da die Natur immer noch mit winterlichen Temperaturen versuchte ins Guinnessbuch der Rekorde für den kältesten April zu gelangen, musste sie auch einen Mantel überziehen. Sie legte ihn auf den Stuhl, kochte sich einen Kaffee und simste, während sie ihn trank, mit einer Hand eine Nachricht an Sascha.

„Hey, guten Morgen ihr süßen Riesen und Zwerge. Sascha, Weichklopfer für unfreundliche Servicemitarbeiter und Retter einer Freundin, ich brauche heute wieder deine Hilfe. Kannst du für mich noch einmal im Sender anrufen und die Dame dort ausquetschen? Ich muss wissen, wann und wo Thomas heute zu Mittag isst?"

Es dauerte nur wenige Sekunden, dann hatte sie eine Antwort, kurz und knapp mit Smiley: „Mache ich!"

Erleichtert darüber eine Möglichkeit des natürlichen Treffens gefunden zu haben, nahm sie ihren Mantel und fuhr in die Redaktion.

„Hi Anna, bist du auch schon auf dem Weg in die Redaktion?"

„Ja, wo steckst du, Ulrike?"

„Ich wollte mich heute für unbestimmte Zeit abmelden, komme auf jeden Fall später noch einmal rein oder hast du etwas Wichtiges für mich?"

„Nein, das kann bis später warten. Was hast du denn heute vor?"

„Ich treffe mich mit Jessica. Sie hat mir viel zu erzählen."

„Oh ja, das kann ich mir denken. Ulrike, bitte denke daran, was sie alles für dich getan hat und wie lieb sie ist. Sie braucht deinen Segen für jede Veränderung in ihrem Leben. Du bist ihre einzige Verwandte!"

Ich lenkte ab, weil mich das Thema gerade nervte.

„Wie war es bei dir? Wie geht es dir? Hast du Thomas erreicht?"

„Lenk nicht von Jessica ab!"

„Ich weiß schon was du meinst und ich werde es mir zu Herzen nehmen. Können wir zwei bitte morgen zusammen Mittagessen, ich möchte dich gerne ganz allein für mich. Dabei kann ich dir dann berichten, wie ich mit Jessica verblieben bin und vielleicht erfahre ich dann auch mehr über Thomas?"

„Ja gerne, aber wir sehen uns doch heute noch? Ach übrigens, sag mal, hast du vielleicht ein Geheimnis? Johanna hat Andeutungen gemacht, mit dir stimme etwas nicht. Sie meinte, du wirktest irgendwie weicher und sie wisse vielleicht schon warum das so sei."

„Hm, ne ich wüsste nicht, kannst mir ja morgen mehr davon erzählen, was Johanna meint. Küsschen meine liebe Anna. Ich wünsche dir einen schönen Tag in der Redaktion", wimmelte ich sie schnell ab, bevor sie mich noch zu weiteren Lügen verleiten würde.

Anna schaute in den Spiegel. „Gut", sagte sie zu sich, „wenn Ulrike nicht da ist, kann ich mich neben meiner Arbeit voll auf Thomas konzentrieren."

Sie hatte am Morgen nur Kaffee getrunken. Da sie kein Brot zu Hause hatte, beschloss sie, sich unterwegs ein Frühstück zu besorgen.

Sie parkte ihr Auto auf dem Parkplatz eines Einkaufcenters und stieg aus. Der Wind erfasste ihren seidenen Schal und wehte ihn, in ihr Gesicht. Ungeschickt befreite sie sich wieder, schlug die Autotür zu und verriegelte sie mit einem Druck auf ihren Schlüssel. Der Schal wehte erneut in ihr Gesicht und nahm ihr die Sicht. Wütend wischte sie ihn weg, dann wollte sie ihn abziehen, dabei strangulierte sie sich beinahe. Noch wütender über sich selbst, auf den Wind und vor allem auf den Schal, stampfte sie mit einem Fuß auf den Boden. Die Pfütze unter ihr war nicht sehr groß oder tief. Allerdings, so wie sie dort hineingetreten war, spritzte das Wasser an ihren Stiefeln hoch. Als sie ihre Stiefel mit einem Papiertaschentuch, welches sie nach kurzer Wühlzeit in ihrer Chaoshandtasche fand, säuberte und aufschaute, um nach einem Mülleimer Ausschau zu halten, streifte ihr Blick empor an zwei Männeranzugshosenbeinen. Langsam stieg ihr Blick an den unbekannten Hosenbeinen auf. Grauer Anzug, weißes Hemd. Nur im Hemd BRRR, bisschen kalt, dachte sie, dann stand sie dem Mann im Anzug direkt Aug in Aug gegenüber. Als stünde vor ihr das siebte Weltwunder, dauerte es entsprechend, bis sie sich gefasst hatte und etwas sagen konnte: „Hallo Thomas!"

„Hallo Anna", sagte er sichtlich belustigt. „Ich habe dich beobachtet, als ich in der Einkaufschlange stand. Jetzt habe ich meinen Einkauf abgebrochen, weil ich denke, du kannst vielleicht meine Hilfe benötigen.

Aber wie ich sehe, hast du alles wieder unter Kontrolle.", mit einem witzigen Unterton fügte er hinzu: „Ganz schön windig heute", zärtlich betonte er den nächsten Satz. „Du siehst ganz bezaubernd aus."

„Danke!", schluckte Anna und fragte naiv: „Was in aller Welt machst du hier? Du arbeitest doch am anderen Ende der Stadt!"

„Stell dir vor, die Bäckerei liegt auf meinen Weg zum Sender."

„Aha!", sie blickte sich um, „wohnst du hier?"

„Nein, nicht hier, meine Wohnung ist in der Südstraße."

Anna schüttelte den Kopf.

„Ist dir nicht gut, Anna?", fragte Thomas.

„Nein, hast du gerade gesagt, du wohnst in der Südstraße?"

„Ja, kennst du da jemanden?"

„Ja, dich!", sagte Anna. Leise mit leerem Blick ins Nichts fügte sie hinzu: „Und mich."

„Nein!", rief Thomas überrascht aus und lachte. „Das ist ja ein Zufall!"

„Das kann ich jetzt irgendwie nicht ganz glauben. Meinst du wirklich, dass alles nur ein Zufall ist?"

Anna war fasziniert und dachte, wie schön er lacht, ich will ihn küssen.

„Wenn's nicht Zufall ist, dann lass es Schicksal sein, auch gut. Ich habe jetzt auf jeden Fall erst einmal Hunger. Den Rest der Diskussion sollten wir vielleicht nicht auf nüchternem Magen fortführen. Möchtest du auch ein Frühstück? Ich würde dann jetzt einen zweiten Versuch starten."

In Annas Ohren klangen seine Worte wider ‚dann lass es Schicksal sein, auch gut, sie wusste nicht, was hier soeben geschehen war. Wie durch ein Wunder waren sie sich begegnet. Als hätte jemand ihre Wünsche erhört, sie brauchte dem Schicksal nun nicht mehr unter die Arme greifen. Thomas stand vor ihr, ganz zufällig, ohne Recherche und ohne die Hilfe von Sascha. Ups, dachte sie, Sascha, aber gleich war ihre Sorge wieder verschwunden. Er würde sich für sie freuen, dass sie Thomas auch ohne seine Hilfe getroffen hatte.

Thomas war so anders, als am Montag nach dem Interview. Er erweckte in ihr den Eindruck, als habe er sich wieder gefangen. Sie sagte vorsichtig: „Du siehst erholter aus, heute. Ähm, gut, meine ich, du siehst gut aus."

„Das täuscht, es ist noch früh am Morgen. In zwei Stunden ist das anders. Da müsstest du mich mal sehen."

„Gerne", sagte Anna verträumt. Er grinste und streifte mit dem Finger Annas Hand. Sie erwiderte seine Berührung. Dann nahm er ihre Hand, schaute ihr tief in die Augen. Anna löste ihre Hand aus seiner, nahm sein Gesicht in beide Hände und zog seinen Kopf sanft an ihre Lippen. Er erwiderte ihren Kuss, der erste war zart, der zweite war leidenschaftlich und Anna wünschte, er würde nie enden.

Die Bedienung sagte laut: „Der Nächste bitte.", als sie es zum dritten Mal wiederholt hatte, lösten sich die zwei voneinander und gaben ihre Bestellungen auf.

Ohne Worte verließen sie Hand in Hand die Bäckerei. Vor Annas Auto blieben sie stehen und küssten sich noch einmal, dann sagte Thomas:

„Anna, ich weiß nicht, ob das mit uns geht, aber ich will, dass es geht. Gerne möchte ich dich heute Mittag noch einmal wiedersehen. Hast du Lust mit mir zu Mittag zu essen? Ich würde dich dann anrufen und dir die genaue Uhrzeit mitteilen. Ich muss erst schauen, was heute im Sender ansteht. Hier ist meine Karte, falls du es dir anders überlegst, schreib mir einfach eine SMS."

Er nahm ihre Hand und flüsterte: „Bitte sag ja."

Anna sah ihn an und sagte: „Ja Thomas, ruf mich an, hier ist meine Karte."

Er löste seine Hand aus der ihren. Als er sich zum Gehen abwandte, ergriff Anna seine Hand erneut. Er schaute sie noch einmal an.

Zaghaft sagte sie: „Ich will auch, dass es uns gelingt, für dich und für mich."

Seine Hand glitt aus der ihren, er führte seine Finger an seine Lippen und während er ging, warf er ihr einen zarten Handkuss zu.

Völlig verwirrt stieg Anna in ihr Auto, tat einen Blick in den Rückspiegel. Sie war durchgefroren, ihre Wangen waren bläulich gefärbt. Die Kälte hatte sie gar nicht wahrgenommen. Auch das, was soeben geschehen war, konnte sie nicht glauben. Bevor sie ihr Auto startete, wählte sie Saschas Nummer.

„Hallo Anna, ich habe im Sender noch nichts erreicht, die Leitung ist immer besetzt."

„Du brauchst nicht mehr anrufen", antwortete Anna aufgeregt.

„Wie bitte, was ist passiert?"

„Ich bin gleich da, dann erzähle ich dir alles."

„Ja Schätzelein, dann mach ich ma nenn Kaffee", sagte er im Horst Schlemmer Ton.

Entsprechend flapsig war Annas Antwort: „Mach datt, bis gleich."

Kapitel 10
Ein klärendes Gespräch

Nachdem ich mich bei Anna für den heutigen Tag in der Redaktion abgemeldet hatte, steckte ich kurz meine Nasenspitze durch die Terrassentür. Es war zu kalt für Frühlingsfarben, somit wählte ich ein schmales Wollkleid, eine dicke Strumpfhose, Stiefel und einen warmen Mantel. Mit einem Blick in den Spiegel streichelte ich meinen leicht gewölbten Bauch und war gespannt darauf, wie er erst aussah, wenn mein Kind sich darin Platz verschaffen würde. Zärtlich sagte ich: „Ich freue mich auf dich. Heute gehen wir mit Tante Jessica spazieren. Ich hab dir schon von ihr erzählt, mein Kleines."

Andreas schaute ins Schlafzimmer, als er mich so dastehen sah, wie ich meinen Bauch streichelte, kam er heran, umfasste mich von hinten, küsste meinen Hals, dann legte er seine Hände auf meinen Bauch und sagte: „Ich liebe euch. Ich fahre jetzt in die Redaktion, soll ich noch etwas mitnehmen?"

„Nein, alles Wichtige habe ich Johanna gestern schon gegeben, sie kümmert sich heute um alles."

„Ein fleißiges Mädchen ist unsere Johanna."

„Ja, das ist sie, ich bin so froh, dass ich sie kennengelernt habe."

Andreas antwortete: „Und ich erst!"

„He, wie darf ich das verstehen?"

„Na, Schatz, dann schau dir doch einmal unseren Sascha an. Hättest du vermutet, dass er, unerfahren wie er war, heute eine Frau glücklich macht und sich um drei Kinder kümmert und sie liebt, als seien es seine Eigenen."

„Da hast du recht, Johanna hat echt Glück, ihn an ihrer Seite zu haben."

Er warf mir einen Handkuss zu: „Und du hast auch Glück!"

„Ja ja, ich weiß und das hab ich dir auch gestern gezeigt."

„Oh ja, es war sehr schön, übrigens."

Jessica traf ich erst um neun Uhr in ihrem Hotel, wir wollten dort frühstücken bevor wir bummeln gingen. Ich nutzte die Zeit, setzte mich an mein großes Fenster und ließ meine Gedanken zurückschweifen in die Zeit nach dem Tod meiner Mutter, wie Jessica und Jean sich um mich gekümmert hatten. Ich erinnerte mich an die vielen Weihnachtsfeste bei ihnen, an das letzte Jahr, an Onkel Jeans geschriebene Worte, was er Jessica damit versuchte zu sagen. Irgendetwas sträubte sich noch in mir diese Erinnerung weiter an mich heranzulassen, doch dann wurde ich gelöster, legte die Hände auf meinen Bauch. In Gedanken vernahm ich die Stimme von Onkel Jean, was er mir wohl sagen würde, jetzt in meiner Situation. Mit dieser Vorstellung wurde der Klang seiner Stimme lebendig.

Liebste Ulrike, ich freue mich so über deine Schwangerschaft. Ich würde liebend gern dein Kind im Arm halten, wenn es geboren ist. Das kann ich nicht, und es macht mich traurig, jedoch nicht trauriger als deine derzeitige Art zu denken, über das, was deine Tante zurzeit bewegt. Gib dir einen Ruck. Sie wird mich nie vergessen. Die Erinnerung an mich hat sie am Leben gehalten, aber sie wäre mir lieber gefolgt. Jetzt sei froh darüber, dass sie außer dir einen weiteren Grund hat zu bleiben. Louis ist ein feiner Kerl. Er hat seine Frau verloren und vermisst sie.

Auch wenn er jetzt Jessica hat, an manchen Tagen wird sie, seiner Frau und er, mir nicht das Wasser reichen können. Aber es wird auch Tage und Momente geben, da wird sie glücklich sein, ihn zu erleben und sie wird lieben ohne zu vergleichen. Jede Neuigkeit kann sie nun mit jemanden teilen.

Stell dir ihr Gesicht vor, wie sie ihm freudig berichtet, dass du schwanger bist. Wie würde es ihr gehen, wenn sie ins Hotel zurückkehrt und niemand da wäre, dem sie es erzählen könnte. Womöglich starrt sie an die Zimmerdecke, weint und fragt sich, warum ich sie allein gelassen habe. Dann berichtet sie einer Zimmerdecke im Hotel, dass du ein Kind bekommst. Glaubst du, die Zimmerdecke hat Interesse an dieser Botschaft? Louis kennt dich von klein auf an und du magst ihn. Gönne Jessica dieses Glück und freue dich mit ihr, bitte. Wenn du jetzt nicht über deinen Schatten springen kannst, verstehe ich das, aber tue es für mich. Jetzt lehne dich zurück und genieße den Tag, wer weiß, wie lang du Jessica noch an deiner Seite hast. Mit den beiden hat auch euer Kind wenigstens das Gefühl, wie es ist, Großeltern zu haben.

Puh, so recht konnte ich mir nicht vorstellen, dass ich mir das soeben ausgedacht hatte. Ich bekam eine Gänsehaut und sogar ein wenig Angst. Ein kühler Hauch streifte meine Stirn, als wäre jemand an mir vorbeigegangen. „Ulrike", sagte ich zu mir, „das ist alles nur Einbildung oder es liegt an den Hormonen.", an die Decke schauend sagte ich weiter: „Du hast ja recht, ich werde deinen Rat befolgen, lieber Onkel."

Ich schaute auf meine Armbanduhr, es war schon neun. Schnell schickte ich Tante Jessica eine Nachricht, dass ich mich etwas verspäten würde.

Verwundert stellte ich fest, wie flüssig der Verkehr um diese Uhrzeit war. Frühmorgens benötigte ich für die Strecke fast zwanzig Minuten länger.

Jessica kam mir in der Hotelhalle schon entgegen, sie empfing mich mit ausgebreiteten Armen.

„Ulrike, da bist du ja!"

Sie hakte sich bei mir ein und geleitete mich in den Frühstücksraum. Ein bombastisches Buffet lud zum Schlemmen ein. Wir gingen zu einem kleinen Tisch in einer Nische.

„Hat Louis schon gefrühstückt?", fragte ich direkt heraus.

„Woher…?", stotterte Tante Jessica, die wohl ernsthaft glaubte, ich wüsste nicht, mit wem sie hier angereist war.

Ich winkte ab: „Wer sonst könnte dich begleiten?"

„Na, da gibt es viele", sagte sie mit einem kessen Lächeln.

„Pah, na gut, wenn du meinst. Also hat er schon oder hat er nicht?"

„Ja, hat er, schon um sieben Uhr auf dem Zimmer. Er besucht einen Freund in Sankt Leon-Rot und kommt auch erst morgen zurück."

„Möchtest du dann heute Abend zu Andreas und mir kommen und bei uns übernachten?"

„Mal schauen. Muss ich das jetzt entscheiden?"

„Nein, auf keinen Fall.", ich streckte versöhnlich meine Hand aus und legte sie auf die ihre.

Sie senkte den Blick: „Ich muss dir etwas erzählen, Ulrike."

„Ich weiß", sagte ich.

„Lass mich dennoch berichten, es ist mir wichtig. Durch ein Schweigen meinerseits und ein nicht hören wollen deinerseits kommt es vielleicht später zu

Missverständnissen und die sollten wir vermeiden, wenn uns die Möglichkeit gegeben ist, wie jetzt."

„Ja", sagte ich, „du hast recht. Ich würde manchmal lieber alles so belassen wie es ist."

„Die Veränderung und der Wandel gehören zum Leben dazu, wie die Geburt und das Sterben. Das Leben beginnt mit der Geburt und endet immer mit dem Tod."

„Tante Jessica, du bist weise und so erfahren, gibt es für dich denn gar kein unentdecktes Land?"

„Oh ja, es tut sich immer wieder vor mir auf, eigentlich doch jeden Tag. Nur weil jemand weise an eine Sache herangeht, ist er ja doch nicht allwissend. Dieses unentdeckte Land tut sich gerade vor mir auf und das in vielerlei Hinsicht."

„Wie bitte, ich bin dein unentdecktes Land?"

„Ja Liebchen, du auch. Ich spüre, dass ich eine Seite an dir so noch nicht kannte und auch niemals vermutet hätte. An dir sehe ich Veränderungen, deine Einstellung hat mir anfangs zugesetzt, aber das weißt du sicher."

„Ich habe mich kindisch verhalten, als wir bei dir waren, Anna und ich. Es tut mir leid."

„Genau aus dem Grund bin ich früher, als geplant angereist, um dir etwas zu erklären."

„Wir gehen aber nicht ins Detail!?"

„Du kennst mich Ulrike, wo vor hast du eigentlich Angst?", sagte Jessica mit einem bissigen Ton. „Du redest gerade so, als wolltest du das Eigentliche herauszögern, bis unsere Zeit abgelaufen ist, da kommst du jetzt nicht drumherum, also bereite dir ein Brot, schenk dir einen Kaffee ein und höre mir einfach nur zu! Bitte."

„Versprochen, ich habe großen Hunger, also fang an, ich bin ganz Ohr."

„Du kannst dich noch erinnern, als Anna ihren Zusammenbruch hatte und Louis sie behandelte.

Ich versprach ihm, ihm davon zu erzählen, was sich an dem Abend vor Jeans Tod zugetragen hatte. Er war sehr überrascht, als er erfuhr, dass Jean seinen eigenen Tod vorausgesehen hatte. Ich fühlte mich so allein, ohne Jean. Zweimal bin ich richtig zusammengebrochen. Ich glaubte, ohne Jean nicht einen Tag länger leben zu können."

„Warum hast du nicht...", wollte ich sie unterbrechen.

„Still, lass mich erzählen, Ulrike."

„Okay."

„Ich habe es dann geschafft, Louis anzurufen und ihn gebeten, er möge mir bitte eine Beruhigungsspritze geben. Er weigerte sich, mir Medikamente zu verabreichen und meinte, die würden auf Dauer keine Lösung meines Problems herbeiführen. Stattdessen kochte er Tee, nahm sich Zeit und sprach mit mir. Manchmal musste er sich noch um andere Patienten kümmern und versprach, nach den Hausbesuchen zurückzukommen, um nach mir zu sehen.

Auch ohne meine Zusammenbrüche kam er danach ab und zu vorbei, wir ergänzten uns. Er erzählte von der Zeit nach dem Tod seiner Frau. Wir sprachen über Trauer, Einsamkeit und über Gott und die Welt. Er las die Berichte, die ich für euch schrieb. Er wollte auch alles von der Entstehung eurer Zeitung erfahren.

Ich war wieder abgelenkt, nahm meine Termine mit den Damen aus der Gemeinde wahr. Die Gespräche mit den anderen Frauen waren mir allerdings manchmal nicht intensiv genug. Um ehrlich zu sein, waren mir die Gespräche zu inhaltslos und sehr oberflächlich.

Louis kam zwei- bis dreimal die Woche. Ich begann mich darauf vorzubereiten, hatte meine Berichte fertig, eine Kleinigkeit zu Essen vorbereitet und mit diesen Aufgaben spürte ich das Leben wieder.

Ich weinte nicht mehr so viel, weil ich auch Jean viel mehr zu erzählen hatte.

Ich schreibe täglich all meine Gedanken in ein Tagebuch, so als würde ich mit ihm sprechen. Irgendwann haben Louis und ich dann jede Mahlzeit gemeinsam eingenommen.

Seit einem halben Jahr hat er seine Praxis an einen jungen Arzt verkauft und wir sind uns nähergekommen. Wir waren eine Woche in seiner Finca an der Küste in Montpellier. Weit entfernt von den Erinnerungen, die uns davon abhielten gänzlich zusammenzukommen.

Wir hatten auch das Gefühl unsere Partner zu betrügen. In seinem Haus war da der Gedanke an seine Frau, in meinem der Gedanke an Jean. Vor der Reise hatte ich eine eigenartige Begegnung, die mir half, einen Neuanfang mit Louis zu wagen.

Ich saß an meinem Küchentisch und blickte aus dem Fenster, da spürte ich einen Luftzug an meiner Stirn und ich hatte das Gefühl, Jean hätte meine Stirn geküsst. Es fühlte sich wirklich so an und ich bekam Angst, dann hörte ich seine Stimme, nicht wirklich, versteh das nicht falsch, visuell vernahm ich seine Worte:

Jessica, du weißt, wie sehr ich dich liebe, wie wichtig du mir bist, ich möchte, dass du lebst, liebst und glücklich bist. Wir werden uns wiedersehen, dann bist du frei und Louis auch. Bitte gehe den Rest deines Weges nicht allein. Ich weiß auch, dass ich bei dir sein darf, aber lass mich auch los und vergleiche uns nicht. Du wirst einiges besser finden, anderes zurücksehnen, mach auch diese Erfahrung noch und bitte bleibe in Verbindung mit Ulrike, sie wird dich noch brauchen und dir großes Glück bringen.

Ich wünsche dir von Herzen ein schönes Leben, genieße es.

Als ich Louis davon erzählt habe, konnten wir unseren Urlaub genießen. Ich bin so dankbar, wir durften eine neue, sehr schöne Erfahrung machen und wir sind nun nicht mehr allein.

Wir sind beide hier, weil wir euch sehen wollten, um dir endlich persönlich die Neuentwicklungen in meinen Leben zu erzählen. Louis hat das dringende Bedürfnis euch näher kennenzulernen, damit er besser folgen kann, wenn ich ihm von euch erzähle."

Ich atmete tief durch: „Oh man Jessica, ich war so blöd zu dir, es tut mir leid, natürlich freue ich mich für dich. Ich mag Louis und ich begrüße es, wenn wir uns nun auch besser kennenlernen. Was meinst du? Wollen wir morgen Abend vielleicht zusammen essen? Wir würden dann für euch kochen."

„Wird euch das nicht zu viel? Ihr habt reichlich in der Redaktion zu tun. Zudem siehst du zurzeit ein wenig abgespannt aus."

„Ach, wir haben mit unserem Kita-Projekt viel zu tun, weil wir so viele Auflagen erfüllen müssen.

In Deutschland braucht man echt für alles einen Führerschein, lästig ist das."

„Ja, da magst du recht haben. Ich spreche morgen früh mit Louis, dann sag ich dir Bescheid. Jetzt würde ich gerne ein wenig mit dir shoppen gehen, hast du Lust? Der Frühling kommt langsam und ich möchte mir irgendetwas farbenfrohes kaufen."

„Gerne, bist du fertig? Dann können wir losgehen."

Der Einkaufsbummel war anstrengender für mich, als ich dachte. Ich ließ mir aber nichts anmerken. Wir waren in vielen schönen Geschäften. Ich erwischte mich dabei, wie mein Blick verstohlen von der Damenabteilung in die Kinderabteilung herüberwanderte, diese süßen kleinen Strampler und Hemdchen. Mein Herz hüpfte vor Freude, bei dem Gedanken daran, dass ich in ein paar Monaten die Erstausstattung für unser Baby einkaufen konnte. Ich wusste noch nicht, ob es ein Mädchen oder ein Junge wurde.

Tante Jessica folgte meinem Blick neugierig und fragte: „Was schaust du Ulrike? Möchtest du für Penny etwas besorgen? Dann musst du da drüben schauen, die Sachen hier sind für Neugeborene.", dabei grinste sie und blickte zur Seite. Sie glaubte wohl ich hätte ihr Grinsen nicht wahrgenommen.

Es wurde langsam Zeit ihr von meiner Schwangerschaft zu erzählen, wenn sie es nicht sowieso schon ahnte.

Tante Jessica hatte eine Boutique gefunden, in der sie sich austoben konnte. Ich setzte mich auf einen Stuhl und beobachtete die Anprobe. Es war halb eins, als wir die Boutique wieder verließen. Tante Jessica trug vier Taschen. Sie hatte sehr schöne Kleidungstücke gefunden. Mich konnte sie nicht überreden etwas anzuprobieren. Jetzt Kleider zu kaufen wäre Verschwendung, die guten Stücke müssten bald für viele Monate ungenutzt im Schrank hängen.

Wir brachten die Einkaufstaschen ins Hotel und nahmen in einem kleinen Lokal unser Mittagessen ein.

Während wir unseren Espresso tranken, erzählte ich Jessica endlich von meiner Schwangerschaft. Sie hatte es geahnt, dennoch war ihre Freude riesig. Weinend vor Freude, kam sie um den Tisch herum und beglückwünschte mich.

Bis vier Uhr haben wir noch dort gesessen, es gab einen weiteren Espresso für Jessica und einen Teller Mousse au Chocolat mit Sahne für mich.

Ich hatte jedes Gefühl für Zeit verloren, so vertieft waren wir in unsere Gespräche. Wie in alten Zeiten, wenn wir stundenlang an ihrem runden Tisch gesessen hatten und sie von früher erzählte. Jessica entschuldigte sich, sie sei müde und wolle zurück ins Hotel.

Eine Viertelstunde später war Tante Jessica im Hotel angekommen und ich fuhr weiter in die Redaktion.

Als ich die Tür öffnete, stieß ich beinahe mit Anna zusammen.

Kapitel 11
Sprint im Park

Tief berührt von der Begegnung mit Anna und dem Wunsch diesen Tag am liebsten ausschließlich mit ihr zu verbringen, betrat Thomas die Redaktion. Mit dem Blick auf die Redakteure, die an den Themen für sein nächstes Interview im SichtTV feilten, wurde er augenblicklich in die Realität geschubst, die ihm zurzeit so zu schaffen machte. Sein derzeitiger Chef war daran nicht ganz unbeteiligt.

Thomas ging jedes Mal, wenn er sah, dass sein schwabbeliger Chef mit eiligen Schritten auf ihn zu kam, einen Schritt zur Seite, damit die Walze Platz hatte, notfalls an ihm vorbeizurollen.

Völlig aufgebracht schrie er: „Thomas, wo bleibst du denn? Wir haben etwas zu besprechen, komm bitte gleich mit in mein Büro."

Thomas folgte ihm. Er sah sich jeden einzelnen Mitarbeiter genau an, als er an ihren Arbeitsplätzen in dem Großraumbüro vorbeiging. Angewidert stellte er fest, dass sie allesamt wie die Geier über ihren Recherchen hingen, Material herumzeigten und diskutieren, wie sie die neue Nachricht am besten verfälschen konnten, damit sie für Aufregung sorgte. Niemand begrüßte ihn. Sie sahen ihn nicht einmal an. Längst gehörte er zum Inventar, wie jeder Stuhl und jeder Schreibtisch. Anfangs wurde er bejubelt und alle schauten zu ihm auf. Jetzt war er einer von vielen, seine Heldenzeit war vorbei. Die Kriegsberichte lieferten nun andere.

Auch interessiert die Mitarbeiter des Senders nicht, dass er es war, der die vielen Lügen über die aufgebauschten Arbeitslosenzahlen, die Zahlen von

Todesopfern, die sie soeben um hunderte nach oben feilten, der Öffentlichkeit unterjubeln musste. Er brachte die verfälschten Nachrichten, um allen Menschen eine Realität vorzugaukeln, die es so gar nicht gab.

Er hatte die Schnauze gestrichen voll und wusste nicht, wie er dem Ganzen entkommen könnte, ohne sich dabei selbst zu zerstören. Er könnte in keiner Redaktion, keinem Sender je wieder Fuß fassen, wenn er hier den Affen machte und kündigte. Er fühlte sich verlassen und hatte Angst, er liefe Gefahr gänzlich in seiner Sichtweise zu *verwaisen*, wenn er nicht endlich handelte.

Er hatte es bis hierhergeschafft, jeder andere Nachrichtensprecher würde sich die Finger lecken, wenn er in diesem Sender arbeiten dürfte. Wie sehr hatte er sich so einen Arbeitsplatz gewünscht und wie glücklich war er, als er ihn endlich bekam.

Ein Jahr lang plagten ihn keine Skrupel, wenn er Zahlen puschte, an Vorfällen feilte und andere einen Vorteil für sich oder eine Partei da herausziehen konnten. Alles fühlte sich besser an, als in Kriegsgebieten unterwegs zu sein. Er war in die neue Aufgabe einfach so hineingeschlittert und merkte viel zu spät, was gespielt wurde. Seine Freunde vernachlässigte er zunehmend, bis auch die sich nicht mehr bei ihm meldeten. Irgendwann öffnete ihm ein Streit im Sender die Augen. Er begann sich näher mit den Gründen zu beschäftigen, warum die Nachrichten verfälscht wurden. Ziemlich schnell durchschaute er die Arbeitsweise des Senders und auch die der Hintermänner. Darum verstand er auch nicht, warum sein Chef sich vor ihm so aufblasen musste. Er war doch nur ein weiterer Hampelmann für die, die sich im Hintergrund verdeckt hielten. Sein Chef merkte einfach nicht, wie sie auch ihn wie eine Marionette benutzten und als ihr Sprachrohr missbrauchten. Aber sie hatten die Fäden in der Hand, das wussten die Hintermänner genau, und auch Thomas war sich mittlerweile darüber im Klaren.

Seit diesem Zeitpunkt setzte er für die Interviews eine Maske auf, spielte mit so gut es ging. Thomas hatte in seiner Vergangenheit schlimme Bilder gesehen, war hautnah dabei gewesen. Diese Geschehnisse waren wirklich passiert und mussten daher auch nicht verfälscht werden. Er hatte kein Verständnis dafür, wenn die Nachrichten derart verändert wurden, nur um die Menschen mit angstmachenden Worten manipulieren zu wollen.

Den ganzen Vormittag saß er mit zwei Autoren und dem Chef im Büro. Wie gelähmt hörte er zu, was gesagt wurde und sah dabei fortwährend auf den Mund des jeweiligen Sprechers. Gelbe fleckige Zähne, trockene raue Lippen, heruntergezogene Mundwinkel und das unrasierte Kinn seines Chefs fielen ihm auf.

Der Gast für die morgige Aufzeichnung der Sendung war ein bedeutender Mann aus der Politik. Thomas merkte, in welche Richtung seine Interviewfragen gelenkt wurden, dabei hatte er zu jedem Gast immer seine eigenen Vorstellungen und eine Liste mit Stichpunkten, nach der er die Befragung für das Interview steuerte.

Seit Monaten fuschten ihm die Hintermänner auch da hinein. Er sah seinen Chef, wie dieser mit seinem ständig wackelnden Doppelkinn und seinem erhobenen Zeigefinger vorgab, was Thomas zu sagen hatte und was nicht. Mit einem dicken Stift strich er viele Teile von Thomas' eigenen Ausarbeitungen einfach heraus. Thomas fühlte stärker denn je den Missbrauch an seinem eigenen Gedankengut. Je mehr ihm dieses bewusst wurde, umso wütender machte ihn diese Tatsache.

Gegen zwölf Uhr sagte der Chef: „So, Schluss! Wir machen eine Mittagspause. In einer Stunde seid ihr bitte pünktlich zurück."

Thomas begrüßte die Pause. Er hatte Anna nicht anrufen können, jetzt hoffte er, dass sie noch nicht anderweitig verabredet war. Es klingelte nur einmal, dann war sie am Apparat, eine Viertelstunde später saßen sie zusammen in einem kleinen Lokal.

Wie recht Thomas doch mit seiner Aussage hatte, Anna müsste ihn einmal nach ein paar Stunden seiner Arbeit in der Redaktion sehen, dann sähe er um Jahre älter aus.

Jetzt waren fast vier Stunden vergangen und er sah tatsächlich stark mitgenommen aus. „Was ist passiert?", fragte Anna, während sie sich einen Salat bestellte, „Möchtest du auch etwas essen?"

„Nein!", sagte Thomas scharf und redete hastig weiter: „Anna, es tut mir leid, aber ich glaube, ich bin im Moment nicht der Richtige, ich kann nicht mehr!

Ich meine, ich kann mir nicht noch mehr aufladen, wie eine Beziehung oder so etwas."

„Beziehung oder so etwas..., das ist doch nichts, was man mit oder so etwas bezeichnet! Was ist denn los mit dir?"

„Ich meine es ernst!", sein Ton blieb scharf und Anna hatte kein gutes Gefühl. „Dieser Saftladen, der große Sender >WNS< mit seinem >SichtTV<- baut sich die Sicht, wie er will. Er verfälscht Nachrichten, bauscht sie auf und feilt, wie es ihm passt. Und was keiner weiß, dahinter stehen wichtigere Leute als die Schwabbelqualle, also meinen Chef meine ich damit. Dabei tut er so, als sei alles seine Idee. Er merkt nicht, dass er nur die Marionette ist. An seinen Fäden ziehen unsichtbare Geldgeber."

„Kannst du nichts ändern?", fragte Anna interessiert.

„Nein, das kann ich nicht. Wie kommst du darauf? Meinst du, ich könnte einfach da herummarschieren und allen sagen, so hört mal zu, ab heute sagen wir mal schön die Wahrheit und alles hört ab jetzt auf mein Kommando.

Die Einschaltquoten würden vielleicht zurückgehen. Wir haben die höchsten Einschaltquoten. Da wirst du dir ja auch denken können, was die Menschen hören und sehen wollen."

„Ja, das kann ich mir denken, dennoch könntest du etwas sagen."

„Nein, dann bin ich weg und brauche mich auch bei keinem anderen Sender mehr sehen lassen. Karriereaus!! Weißt du, wie froh ich war, nach meiner Arbeit in Kriegsgebieten endlich einen trockenen und sicher bezahlten Arbeitsplatz zu haben!"

„Auch das kann ich mir vorstellen. Wenn du jetzt gehst, dann wäre es auch Selbstbetrug, falls du in einem anderen Sender anfangen solltest, weil, so denke ich, Nachrichten immer etwas verändert wiedergegeben werden."

„Ein anderer Sender? Anna, ich finde keinen anderen Sender, wer beim Welt Nachrichten Sender versagt, ist raus! Kapier das doch! Allerdings wird wohl kaum ein anderer Sender so skrupellos sein und die Nachrichten derart verfälschen, wie die vom >WNS< es mir in meiner Sendung, >SichtTV<, mittlerweile vorschreiben", reagierte Thomas empört.

„Über uns durftest du ganz normal berichten, warum redet dir da keiner rein?", wollte Anna wissen.

„Tja, das sind die lückenfüllenden erfrischenden Interviews, die dem Sender die helle Farbe zurückgeben sollen, die sind genehmigt, solange die Einschaltquoten stimmen und ich mich nicht über die verfälschten Infos aufrege."

„Dann mach Schluss!", schlug sie vor.

„Nein!"

„Ok, dann jammere nicht", antwortete Anna, sichtlich genervt von Thomas' momentaner Sichtweise auf seine Arbeit.

„Wie redest du denn mit mir?", schimpfte er.

„Jeder Mensch hat zu jeder Zeit die Möglichkeit zu entscheiden, etwas nicht mehr mitzumachen, unter Umständen muss er aufstehen und gehen, so wie ich jetzt.", Anna stand abrupt auf, stützte ihre Hände auf den Tisch und beugte sich zu Thomas herunter. Dann sah sie ihn mit scharfem Blick an.

„Du zerfließt ja förmlich vor Selbstmitleid. Sorry, das schaue und höre ich mir nicht länger an. Wie kann ein Mensch, der vor vier Stunden noch die Liebe selbst war, jetzt verhasst vor mir sitzen und nur schimpfen. Ich glaube auch, es ist nicht der richtige Zeitpunkt.

Ich helfe dir gerne, wenn du einen Schritt nach vorne gemacht hast. Zusammen können wir dann vielleicht auch einen Spagat schaffen, wenn es sein muss. Aber mit deiner Einstellung zu Veränderungen geht momentan wohl eher gar nichts! Und ich schau bestimmt nicht zu, wie du dich tagtäglich ärgerst und nichts änderst. Bevor ich jetzt mein Herz und all meine Sinne verliere, breche ich ab, bevor es richtig beginnt. Mach's gut Thomas. Viel Glück!"

Anna konnte nicht glauben, dass sie so mit ihm geredet hatte, sie verließ mit einem starken Gefühl das Lokal. Thomas saß da, schaute auf den Salatteller von Anna, sie hatte nichts gegessen. Er zahlte und machte sich auf den Weg zurück zum Sender. Im Auto sitzend stellte er sich die Frage, warum er jetzt nicht weinte, Herzschmerzen bekam, traurig wurde. Eine einfache Antwort schoss ihm durch den Kopf und es gab auch nur die eine. Anna hatte mit alle dem, was sie sagte, recht!

Weitermachen oder hinschmeißen. Er überlegte welche Sicherheiten er vorweisen konnte und wie lange er über die Runden kommen würde, bis er einen neuen Job gefunden hätte. Blöder Gedanke, dachte er, selbst wenn es keine Sicherheiten gab. Er musste die Reißleine ziehen, bevor es zu spät war. Anna meinte, er würde vor Selbstmitleid zerfließen, auch damit hatte sie recht. Doch sein derzeitiger Hass würde ihn auffressen, bevor er vor Selbstmitleid weggeflossen wäre, da war er sich sicher.

Er wollte nicht zurück in den Sender, also zog er es vor im Park einen Spaziergang zu machen. Mittlerweile waren die Temperaturen vom Morgen bis jetzt schon um zehn Grad gestiegen.

Verwundert stellte er fest, dass ihm so etwas, wie Temperaturen wieder auffielen. Er nahm seine Laufschuhe aus dem Kofferraum, die er seit Monaten nicht benutzt hatte, zog sie an und stürmte los.

Er rannte, sein Jackett flatterte im Wind, er sah nicht, wie die Menschen im Park stehen blieben und ihn angafften. Ein Mann mit Joggingschuhen und Anzug rannte durch den Park, als sei eine ganze Horde bissiger Hunde hinter ihm her. Das war selten und lud eben ein zu gaffen. Wenn all die Zuschauer wüssten, was hinter ihm lag, dann hätten sie Verständnis dafür.

Er wunderte sich über seine Ausdauer und konnte nicht aufhören zu laufen. Er spürte wie seine schweißnasse Haut sein Hemd durchtränkte. Mit jedem Meter, den er zurücklegte, wurde ihm alles egal. Er wollte nur seinen Kopf freibekommen, damit er bei der nächsten Begegnung mit Anna nicht so einen Unsinn redete.

Sofern es überhaupt zu einer erneuten Begegnung mit ihr kam. Falls dem so wäre, dann müsste er sich vor allem von den Dingen verabschieden, die ihm den Kopf so weit nach hinten drehten, dass er glaubte, sein Genick könnte brechen. Tränen rannen über sein Gesicht, sein Atem wurde schwerer, abrupt blieb Thomas stehen, stützte sich mit den Händen auf seine Knie, senkte den Kopf, schnappte nach Luft und weinte. Ein älterer Herr mit Rauhaardackel kam auf ihn zu und fragte, ob er Hilfe benötige.

„Nein danke, es geht schon, vielen Dank", beruhigte er den alten Herrn und schnappte dabei nach Luft. Langsam lief Thomas weiter, nach einiger Zeit bemerkte er, wie weit er gelaufen war. Er machte kehrt, spürte die Kälte auf seiner feuchten Brust und knüpfte sein Jackett zu. Erst um vier Uhr erreichte er den Sender. Auf seinem Handy waren sechsundzwanzig entgangene Anrufe von seinem Chef.

Als Thomas so zerzaust und durchgeschwitzt im Sender erschien, schrie der Chef wild herum und beschimpfte Thomas aufs Übelste. Nichtssagend ging Thomas zu seinem Schreibtisch, nahm einen Karton, in dem Flyer aufbewahrt wurden, stürzte ihn um und legte nach und nach seine privaten Sachen aus seinem Schreibtisch dort hinein. In der Redaktion des Senders standen alle von den Plätzen auf und beobachteten, wie der Chef vor Thomas hin und her sprang und mächtig gestikulierte. Auch beobachteten sie Thomas, wie dieser schweigend seine Sachen packte, seinen Mantel nahm und ohne ein Wort des Abschieds den Sender verließ.

Der Chef tobte und schrie ihm hinterher: „Du fliegst, hast du gehört Thomas, du fliegst, das macht keiner mit mir und ich schwöre dir, deine Karriere ist damit endgültig beendet!"

Hinter Thomas krachte die Tür ins Schloss. Erst dann traute er sich tief einzuatmen und sagte zu sich:

„Liebe Anna, das war der erste Schritt und der zweite folgt sogleich!"

„Den ersten Schritt habe ich gewagt, mit dir schaffe ich den Spagat.", reimte er spaßig hinterher und versuchte einen Hopsa Schritt.

Aber nach dem Sprint im Park blieb es nur bei dem Versuch.

Kapitel 12
Freunde

„Huch! Ulrike", sagte Anna erschrocken, als hätte ich sie aus einen Traum gerissen. So wie sie aussah, war es wohl eher ein Alptraum. „Hast du mich erschreckt, ich habe die Tür gar nicht gehört. Wollte grad schauen, ob du da bist, aber jetzt bist du ja schon hier!"

Sie sah mich erleichtert an. Ihre Augen füllten sich bis zum Rand mit Tränen.

„Was ist los Anna? Komm, sag schon!" Wir setzten uns auf eine Bank im Flur. Anna lehnte sich an mich und schluchzte: „Das wird nichts mit Thomas."

„Was ist denn geschehen? Sag schon!"

Anna berichtete von der zufälligen Begegnung mit ihm am Morgen. Auch ich konnte es kaum glauben. Dann wurde Anna unterbrochen, Johanna und Sascha kamen in die Redaktion.

„Was ist hier los?", fragten beide wie aus einem Mund.

Ich sah Sascha an und schüttelte den Kopf. Die zwei setzten sich auf die Bank gegenüber und sagten erstaunt: „Heute Morgen war doch alles klar, jetzt musst du uns aber sagen, was passiert ist!"

Langsam begann Anna von der Verabredung am Mittag zu berichten. Sie erzählte auch mit welchen Worten sie Thomas hatte sitzen lassen. Nun hatte sie Sorge, vielleicht doch einen großen Fehler gemacht zu haben. Wir versuchten sie zu beruhigen. Thomas sei ein erwachsener Mann und wisse schon, wie er damit umgehen müsse. Wir rieten Anna, ihm am Abend eine Mail zu schreiben, dass sie noch einmal in aller Ruhe mit ihm sprechen müsse. Wir rieten ihr auch, sie solle sich für ihre direkten Worte bei ihm entschuldigen, weil wir der Meinung waren, dass sie sehr hart reagiert hatte. Obwohl wir das nicht beurteilen konnten, da wir nicht dabei gewesen waren.

„Schau", sagte ich, weil sie immer noch schluchzte, „das Wochenende steht vor der Tür, da wird er bestimmt einmal für eine längere Zeit entspannt sein. In der Zeit könntet ihr in aller Ruhe reden und ein bisschen Zeit miteinander verbringen. Und jetzt fährst du heim, ich mache hier den Rest, hast du noch Mails, die du versendet haben möchtest oder Post, die raus muss?"

„Die Post nehme ich dann mit, wenn ich gehe, aber da sind noch ein paar Mails, die du auch beantworten kannst", schluchzte Anna.

„Morgen werde ich hier sein", sagte Sascha, „ich finde, ihr solltet alle einmal einen Samstag zu Hause bleiben."

Nachdem Anna gegangen war, standen Johanna, Sascha und ich noch eine Weile auf dem Flur und ich berichtete von den Neuigkeiten in Tante Jessicas Leben. Gerne hätte ich den beiden jetzt auch von meiner Schwangerschaft erzählt. Aber ich musste die Reihenfolge einhalten und somit tat ich es nicht.

Vom langen Einkaufsbummel mit Tante Jessica schmerzten meine Beine.

Zusammen mit Andreas fuhr ich in die Einfahrt unseres Hauses, jeder auf seinen Parkplatz. Andreas hatte eingekauft und bot sich an etwas für uns zu kochen. Das war gut so, ich hätte uns nur eine Brotzeit gemacht. Während wir aßen, erzählte ich ihm von Annas Begegnung mit Thomas und meinem Treffen mit Tante Jessica. Andreas war den ganzen Tag unterwegs gewesen.

Damit wir alle Auflagen für die Stadt einhalten konnten, musste er Nachweise einholen, die dokumentierten, dass wir keine giftigen Materialien verarbeiteten, genügend Toiletten und

Waschmöglichkeiten bereitstellten und vieles mehr. Wenn ich Andreas jetzt so reden hörte, erfasste mich das Gefühl, wir würden uns zu viele Aufgaben heranholen. Er erinnerte mich liebevoll daran, dass Anna und ich Arbeitsplätze schafften und anderen Institutionen mit einem guten Beispiel vorangehen wollten. Da hatte er recht. Wir beendeten unsere Diskussion, flegelten uns auf die Couch und sahen fern.

Kurz bevor der Film endete, klingelte mein Handy.

„Anna", stand auf dem Display, ich nahm das Gespräch entgegen: „Anna, was ist?"

Kapitel 13
Thomas räumt auf

Thomas rätselte, wie sein zweiter Schritt aussehen könnte, langsam fuhr er an der Redaktion vorbei und dachte, ob es ratsam wäre hineinzugehen und Anna gleich von seinem ersten Schritt zu berichten. Er befand es für sinnvoller noch zu warten und erst einmal zu duschen, bevor er mit Anna sprach.

Zu Hause bemerkte er seit langer Zeit einmal wieder, wie unordentlich seine schöne Wohnung war.

Er beschloss mit dem Aufräumen fortzufahren. Aufräumen in der Redaktion war der erste Schritt, aufräumen in seiner Wohnung wohl ein zwingend notwendiger und somit sein zweiter Schritt.

Eine Reinigungskraft kam einmal in der Woche vorbei, sie wischte und saugte, aber seine Sachen durfte sie nicht anrühren, egal wie es aussah, das war seine Bedingung gewesen, als er sie eingestellt hatte.

Somit räumte er lediglich seine Kleidungsstücke und Unterlagen fort, dies nahm allerdings zwei Stunden seiner Zeit in Anspruch. Danach stieg er unter die Dusche.

Hiermit erhoffte er sich ein wenig Entspannung, die blieb allerdings aus. Mit einem großen Becher Kaffee und barfuß, bekleidet mit einem langen weißen Hemd und einer verwaschenen Jeans, setzte er sich an seinen Küchentisch, zog sich einen zweiten Stuhl für die Ablage seiner Füße heran und überlegte, welches wohl sein nächster Schritt sein könnte. Er hatte das dringende Bedürfnis Anna zu sehen und ihr von seiner Kündigung zu berichten. Unruhig stand er auf, setzte sich aber gleich wieder. Nachdem er seinen zweiten Kaffee gezapft hatte, durchsuchte er die Taschen in seinem Jackett nach der Visitenkarte von Anna.

Er fuhr seinen Laptop hoch und öffnete sein Postfach. Erstaunt stellte er fest, dass er eine neue Nachricht erhalten hatte. Schon seit ewigen Zeiten fand er keine private Mail mehr in seinem Postfach vor. Diese Mail war von Anna. Er erstarrte und zögerte die Mail zu öffnen, im Betreff stand, *heute Mittag*. Was könnte sie wohl wollen? Beendet hatte sie heute Mittag etwas, das noch nicht einmal richtig begonnen hatte. Wenn sie es so wollte, würde sie es sicher dabei belassen, ohne einen Nachsatz senden zu müssen, so schätze Thomas sie ein, nach ihrem Auftritt am Mittag. Also hatte sie ihm etwas zu sagen.

Zaghaft öffnete er die Mail und las ihre Zeilen:

Lieber Thomas,
es tut mir leid. Ich glaube, ich habe heute Mittag ein wenig überreagiert. Da ich dich am Morgen ganz anders kennenlernen durfte, denke ich, wäre es gut, wenn wir zwei uns am Wochenende einmal treffen, um darüber zu sprechen, allerdings nur, wenn du vorher nicht im Sender gewesen bist. Ich würde mich freuen, wenn du dich bei mir meldest.
Lieber Gruß
Anna

Kapitel 14
Übernachtungsangebot

„Ulrike, hallo, entschuldige, wenn ich noch störe, ich kann nicht schlafen und bin so verwirrt. Ich habe Thomas eine Mail geschrieben, ich will einerseits, dass er heute noch antwortet, andererseits habe ich Angst vor seiner Antwort. Was soll ich nur machen?"

„Hm, warten und wenn heute nichts passiert, dann hat er vielleicht deine Mail auch noch nicht gelesen."

„Oh man, ich kann nicht warten, Püppi! Und allein sein, kann ich auch grad nicht."

„Dann setze dich in dein Auto und komm zu uns. Du kannst gerne hier übernachten. Morgen früh frühstücken wir dann in aller Ruhe, was meinst du?"

„Okay, ich packe ein paar Sachen und bin gleich da!"

„Anna kommt noch vorbei", sagte ich zu Andreas.

„Ich hab's mitbekommen, ich verziehe mich mal schnell, dann könnt ihr quatschen, ist das okay für dich, mein Schatz?", fragte Andreas.

„Klar doch, wir gehen bestimmt auch gleich schlafen, wenn Anna da ist."

„Das glaube ich nicht!", grinste Andreas.

Ich nahm mir mein Buch und versuchte mich, trotz der ganzen Eindrücke des Tages, auf den Inhalt zu konzentrieren, während ich auf Anna wartete.

Anna freute sich über das spontane Übernachtungsangebot. Sie ging ins Bad, packte ihre Kulturtasche, ihren Pyjama und eine weite bequeme Hose für den nächsten Morgen ein. Mit einem letzten Blick schaute sie sich im Wohnzimmer um, ob sie noch etwas vergessen hatte. Die Fenster waren verschlossen, alles in Ordnung, also ging sie zur Tür hinaus. Sie hüpfte die Treppe hinunter und stieg in ihr Auto.

Langsam startete sie den Motor ihres Wagens, dann rollte er leise die Straße entlang. Hinter einer Biegung der Steinstraße erhöhte sie ihr Tempo, gleich darauf erschrak sie und trat so kräftig auf die Bremse, dass ihre Tasche vom Beifahrersitz in den Fußraum polterte, ihr Wagen stand augenblicklich.

Die Ursache für ihr starkes Bremsen war eine andere als die, die ihr in diesem Moment den Atem raubte.

Kapitel 15
Katzenstreit

Thomas lief auf und ab und wusste nicht so recht, ob und wie er auf die Mail antworten sollte. Er wollte nicht einfach so zurückschreiben, er musste mit Anna sprechen und das am besten heute noch. Er würde nicht schlafen können, tippte ihre Nummer in sein Handy und legte es unverrichteten Anrufs wieder beiseite. Am geöffneten Fenster stehend, atmete er die frische, mittlerweile wieder kalte Luft ein und entschied, bevor er irgendetwas unternahm, einen Spaziergang zu machen.

Schnell schlüpfte er in warme Kleidung und lief auf die Straße. Eingemummelt in seinem dicken Mantel ging er mit schnellen Schritten, so als hätte er ein Ziel, welches er zu einer bestimmten Uhrzeit erreichen musste.

Zwei Autos fuhren langsam an ihm vorbei, dann war es ruhig, schließlich war es bald dreiundzwanzig Uhr, da war in dieser Gegend niemand mehr auf der Straße.

Erschrocken wich er zurück, als aus einem Vorgarten plötzlich eine kreischende Katze über den Gehweg sprang, gefolgt von einer zweiten Katze. Die Schwänze wuschelig aufgestellt, wie zum Angriff bereit.

„Hey", sagte Thomas, „nicht streiten, ihr zwei!"

Dann verschwanden die beiden Katzen hinter einer Kurve. Im selben Moment hörte er das Quietschen eines bremsenden Autos, ein dumpfer Schlag blieb aus, somit hoffte er die Katzen seien unverletzt.

Neugierig sprang er auf die Straße, damit er um die Ecke schauen konnte. Wieder erschrak er, weil er direkt vor dem Auto stand, welches soeben wegen der Katzen gebremst hatte. Geblendet von den Scheinwerfern hielt er eine Hand vor die Augen, um sie vor dem grellen Licht abzuschirmen, damit er den Fahrer des Wagens besser sehen konnte.

Als er diesen erkannte, glaubte er zu träumen, mit offenem Mund stand er da und konnte sich nicht bewegen.

Der Wagen stand, Anna sah die zwei Katzen, die lebensfroh und unversehrt hinter der nächsten Hecke verschwanden. Sie war erleichtert keine der Katzen angefahren zu haben. Sie beugte sich in den Fußraum, um ihre Tasche wieder auf den Sitz zu stellen. Sie schaute kurz nach, ob alles heil geblieben war. Dann blickte sie wieder auf und zuckte zusammen. Ein Mann stand direkt vor ihrem Auto. Geblendet von ihren Scheinwerfern schirmte er sein Gesicht mit einer Hand ab.

Als er die Hand sinken ließ, erkannte sie den Mann, wie er dastand, unbeweglich, unwahr. Wie von Geisterhand drückte sie eine Taste auf ihrem Handy und führte es an ihr Ohr.

Ich blickte auf die Uhr und dachte, Anna müsste bald hier sein, da klingelte mein Handy.

„Hallo Anna, wann kommst du?"

„Püppi, ich erzähle es dir morgen, ich komme nicht mehr, mach dir keine Sorgen. Vor mir steht mein neues Leben, schlaf schön."

Ihre Stimme klang so weit weg, so verträumt, hatte sie etwa Drogen genommen? Ihr neues Leben stand vor ihr, hatte sie Thomas getroffen oder was? Hätte sie mir nicht wenigstens einen kleinen Hinweis geben können. All diese Gedanken gingen mir durch den Kopf und beschäftigten mich noch lange, bis ich endlich einschlafen konnte.

Anna schaltete den Motor ihres Wagens aus, öffnete die Autotür, stieg wie in Zeitlupe aus dem Auto und ging auf Thomas zu, der immer noch wie angewurzelt dastand. Er wirkte wie ein kleiner Junge. Sie nahm ihn in den Arm. Es dauerte ein paar Sekunden, bis er ihre Umarmung erwiderte. Dann bat Anna Thomas, er möge bitte in ihr Auto einsteigen.

Sie fuhren zu Annas Wohnung zurück. Thomas legte seinen Mantel ab und zog seine Schneestiefel aus, die er einfach über seine nackten Füße gezogen hatte. Nun stand er da, in seiner verwaschenen Jeans und seinem weißen Hemd. Anna und er sprachen kein Wort. Sie umarmten sich, hielten sich, liebten sich, bis beide erschöpft mit heißen Körpern in Annas Bett wieder zu sich kamen.

Sie schliefen für zwei Stunden eng umschlungen ein. Als Anna erwachte, war Thomas nicht mehr an ihrer Seite. Sie ging mit ihrer Bettdecke bekleidet ins Wohnzimmer. Thomas saß auf der Couch vor einer Kerze. Er schaute Anna an und sagte: „Würde es dir etwas ausmachen, mir einen Kaffee zu kochen, ich kenne mich mit deiner Maschine nicht aus. Magst du dann mit mir reden, wenn du nicht zu müde bist? Ich kann nicht schlafen. Ich habe dir so viel zu sagen."

Er erhob sich von der Couch, ging auf Anna zu und küsste sie erneut. „Oh man Anna, du hast mich wachgerüttelt und ich habe heute mein ganzes Leben auf den Kopf gestellt. Kannst du einen Spagat?"

„Ups, ich glaube, ich mach mal Kaffee und dann erzählst du mir alles, okay?"

„Ja, so machen wir es!"

Kapitel 16
Hibbelköster

Ich schaute auf meinen Wecker. „Och nein, erst halb sechs!", augenblicklich war ich hellwach und ärgerte mich, weil ich seit langer Zeit einmal wieder an einem Samstag nicht in die Redaktion musste und gerne länger geschlafen hätte. Als mir nun das Telefonat mit Anna vom Vorabend wieder einfiel, verließ ich fluchtartig mein Bett. Andreas schlief noch. Da ich dringend das Bedürfnis verspürte mit jemandem über Annas Nachtaktion zu sprechen, überlegte ich, wie ich es anstellen könnte, dass auch er aufwachte. Ich ging hinüber auf seine Seite, stellte mich vor sein Bett, beugte mich zu ihm herunter, fasste seinen Arm und rüttelte ihn sacht. Resignierend stellte ich fest, da tat sich nichts und an diesem Zustand würde sich wohl auch in der nächsten Stunde nichts ändern. „Bleib du ruhig noch in deinem Schlummerland", flüsterte ich, dabei küsste ich ihn vorsichtig auf die Stirn. „Du hast es dir verdient."

Mit einem Bademantel, dicken Socken und einem Becher Kaffee setzte ich mich vor das große Fenster und überlegte, wer von meinen Freunden vielleicht schon bereit war, mit mir zu sprechen.

Bis sechs Uhr wartete ich, dann schickte ich meine SMS, die ich schon seit einer Viertelstunde fertig geschrieben hatte, an Sascha und Johanna.

Guten Morgen ihr zwei, falls einer von euch schon wach ist, dann ruft mich doch bitte auf dem Festnetz an. Ist dringend, geht um Anna, LG Ulrike

Ich wartete und schaute ungeduldig auf mein Telefon, als könnte ich es so dazu bringen zu klingeln.

Nach einer Ewigkeit von zehn Minuten klingelte es dann. „Na endlich! Wer von euch ist dran?", rief ich in das Telefon.

„Guten Morgen Ulrike", sagte Sascha, dabei konnte ich sein Grinsen in der Stimme förmlich hören. „So, du ungeduldiger Hibbelköster, dann erzähle mal ganz langsam, was passiert ist. Ich kenne dich, versuche also schön alles der Reihe nach zu berichten, bedenke, es ist noch früh. Wir trinken nebenbei unseren Kaffee und lauschen dir. Ich stelle jetzt den Lautsprecher ein, damit Johanna mithören kann."

„Guten Morgen Ulrike, du machst es ja spannend", rief Johanna durch die Küche.

„Guten Morgen Johanna, das ist es auch, ihr werdet schon sehen, ähm, hören, also, setzt euch hin und lauscht dem, was ich euch zu sagen habe."

Ich erzählte alles, von dem Zeitpunkt an, als wir uns am Abend vor der Redaktion verabschiedet hatten.

Sascha war nach meiner Berichterstattung leicht besorgt um Anna und sagte:

„Ulrike, meinst du nicht einer von uns sollte heute einmal nach dem Rechten sehen, ob es Anna auch gut geht?"

„Ich wollte dich eh bitten, ob du heute Morgen auf dem Weg in die Redaktion an ihrem Haus vorbeifahren und schauen könntest, ob ihr Wagen vor der Tür steht, sie hat mich ja aus dem Auto angerufen."

„Ja, das ist eine gute Idee, das mache ich und lasse es euch wissen. Ich fahre jetzt in die Redaktion. Du kannst ja noch mit Johanna weiter telefonieren, bis später."

„Okay, bis nachher dann."

„Ulrike, hast du Lust, am frühen Nachmittag auf einen Tee oder Kaffee bei mir vorbeizukommen? Wir haben lange nicht mehr zusammengehockt, ich würde mich echt freuen. Sascha und Andreas gehen doch zum Badminton und kommen erst um vier zurück."

„Das könnte ich machen, Jessica und Louis kommen erst um sieben am Abend. Wenn ich meinen Einkauf zeitig erledige, könnte ich dann auch früher kommen?"

„Klar, komm einfach, wenn du so weit bist, ich bin da."

Als ich aufgelegt hatte, kam Andreas verschlafen die Treppe herunter.

„Guten Morgen du Zweiohrwühlmaus, was machst du denn schon hier unten und mit wem telefonierst du? Schläft Anna noch?"

„Deine Zweiohrwühlmaus hat ganz viele spannende Nachrichten für dich. Zuerst mache ich dir ein leckeres Frühstück und dann erzähle ich dir alles. Hier, nimm den Kaffee und schau dir den schönen Garten an. Obwohl!? Die erste Frage beantworte ich dir schon einmal. Du fragst, ob Anna noch schläft? Ich weiß nicht, sie ist nicht mehr gekommen."

„Waaas!" Andreas sprang aus seinem Stuhl auf, verschüttete dabei einen Schluck Kaffee und drehte sich zu mir um, „also jetzt bin ich aber gespannt, komm ich helfe dir, dann geht es schneller."

Ich holte ein Tuch, wischte den Kaffee auf und sah Andreas dabei an. „Meinst du, du schaffst es mir zu helfen, ohne noch mehr zu verschütten?"

„Ja, wenn du mir auch so einen Schrecken einjagst und alles so spannend machst."

Mein Handy kündigte das Eintreffen einer neuen Nachricht an. Andreas hatte es sofort in der Hand.

„Gib her! Du willst doch wohl nicht meine intimen Nachrichten lesen?", schimpfte ich.

„Nein, ich möchte wissen, was los ist und nicht noch mehr verpassen."

Ein Kampftanz um mein Handy begann, bis ich Andreas siegen ließ.

„Ich habe Hunger, dann lies du, was dort geschrieben steht, ich mache jetzt das Frühstück."

Andreas las die Nachricht laut vor:

„Hi Ulrike, Annas Wagen steht vor ihrer Tür, LG Sascha"

Er sah mich mit weiten Augen an und sagte neckisch: „Okay Ulrike, ich bin gespannt! Hast du das Frühstück endlich fertig? Du hast mich auch noch nicht geküsst, wollen wir das jetzt einreißen lassen?"

„Nein, natürlich nicht, aber ich habe ja auch keine Zeit für so einen Unsinn, wenn ich hier alleine das Frühstück machen muss!", neckte ich ihn zurück.

„Och du Arme, dann küsse ich dich jetzt. Was hältst du davon?"

„Das ist ja nicht unbedingt eine faire Arbeitsteilung, aber ich bin einverstanden."

Während des Frühstücks hatte ich Andreas alles langsam und der Reihe nach erzählt. Er war erstaunt, was wir alles erlebt und erfahren hatten in der letzten Woche und er hatte von all dem nichts mitbekommen. Als ich Andreas sagte, dass ich am Nachmittag zu Johanna fahren wollte, bekam ich Gewissensbisse, denn ein Besuch bei Johanna bedeutete auch unter Umständen, ich könnte nicht umhin, ihr von meiner Schwangerschaft zu erzählen. Eigentlich wollte ich ihr die Neuigkeit auch nicht noch länger verschweigen, aber wie konnte ich es nur anstellen, Anna vorher davon zu erzählen. Sie war ja nun gestern Abend nicht zu uns gekommen. Außerdem wäre sie bestimmt traurig, wenn sie es als Letzte erfuhr.

Die Angelegenheit wurde kompliziert. Andreas gab mir den Rat, einfach vorher bei Anna vorbeizuschauen. Meine Bedenken, ich könnte sie stören, weil sie vielleicht nicht allein war, zerschlug er wieder, indem er sagte: „Wenn es so ist, kann sie immer noch entscheiden, ob sie dir die Tür öffnet oder nicht?"

„Da hast du wieder einmal recht!", ermutigt sprang ich auf, tanzte um den Tisch und küsste ihn. „Du bist so klug Andreas, dafür liebe ich dich!"

„Ja, ich weiß mein Schatz, es tut so gut, wenn man einen Mann wie mich hat", grinste er.

„Einbildung ist auch ´ne Bildung. Aber Spaß beiseite, wir sollten überlegen, was wir heute Abend für Jessica und Louis kochen wollen, damit ich den Einkauf erledigen kann."

Kapitel 17
Die Enthüllung

Um zehn Uhr stand ich bei Anna vor der Haustür und zögerte eine Weile, bis ich endlich den Klingelknopf betätigte.

Verschlafen und zerzaust öffnete Anna die Haustür.

„Komm rein", sagte sie und ging auf ihre Kaffeemaschine zu. Dabei drehte sie ihre Haare zu einem Knoten zusammen und steckte ihn mit einer Spange fest. Ich blickte mich verlegen um.

Auf dem Wohnzimmertisch standen zwei Kaffeebecher, sie waren leer. Ein Oberbett lag da auf dem Boden, Schneestiefel dekorierten die Mitte ihres Flures. Bei mir dachte ich, die gehören bestimmt nicht Anna, weil diese hier ein paar Nummern größer waren, als die Schuhe, die Anna sonst bevorzugte.

Am liebsten hätte ich gefragt, was hier los sei, aber ich hatte diese Sätze oft von meiner Mutter gehört und gehasst. Außerdem war Anna erwachsen und konnte ins Bett gehen, mit wem sie wollte, auch wenn sie ihn erst ein paar Stunden kannte. Ich befahl mir, Ulrike, lass die Gedanken, die sind zu erwachsen und extrem konservativ dazu, sind das deine mütterlichen Hormone, die Anna jetzt vor einem Fehler warnen wollen? Oder nur deine Neugier?

Anna beobachtete mich schweigend und folgte meinen Blicken, amüsiert darüber zu wissen, was in meinem Kopf vorging, sagte sie:

„Hey Mama, hast du alles gescannt, dann frag mal, vielleicht sag ich dir, was du wissen darfst?"

„Ha, du Doofe, ich hab mir eben Sorgen gemacht und wollte sehen, ob es dir gut geht."

„Und?", sie breitete ihre Arme aus, drehte sich wie bei einer Kleideranprobe, „welchen Eindruck mache ich?"

„Na, einen ziemlich zerwühlten würd' ich doch mal sagen. Aber auch einen glücklichen und niedlich siehst du aus, in deinem Blümchenpyjama. Wenn ich mich so umschaue, dann vermute ich, du bist nicht allein?"

„Richtig! Ich bin nicht allein, du bist ja da!", dabei schnipste sie mit den Fingern, als hätte ich die Millionenfrage richtig beantwortet.

„Okay, wenn du nichts sagen willst, dann sag ich dir auch nicht, warum ich dich so dringend aufsuchen musste. Glaube nur nicht, ich sei hier, weil ich so neugierig bin, zu erfahren, mit wem du die Nacht verbracht hast und um herauszufinden, wer oder was vor dir gestanden hat, als du sagtest, dein neues Leben stünde vor dir. Das passiert doch jeden Tag, dass mich jemand anruft und mir so etwas mitteilt.

Ich wollte dir lediglich etwas Wichtiges sagen, bevor du es aus der Zeitung erfährst.

Aber wenn es gerade nicht passt, dann ruf mich an und sag mir, wann du einen Termin für mich frei hast", sagte ich mit gespielt schnippischer Stimme und erhobener Nasenspitze.

„Ulrike, ehrlich, was gibt es so Wichtiges, was du mir nicht auch schon gestern hättest sagen können oder bis Montag Zeit gehabt hätte? Tante Jessica und Louis werden wohl kaum über Nacht geheiratet haben und Johanna und Sascha sind wohl nicht über Nacht Eltern geworden."

Dass sie mich jetzt nicht ernst nahm und sie um alles was sie betraf, ein riesiges Geheimnis machen musste, wurmte mich tierisch. Ich ließ es mir nicht anmerken.

„Da du meine liebste Freundin bist und ich nun schon zwei Personen aus meinem engeren Umfeld davon berichtet habe und du die Nächste in der Reihenfolge bist, nach dir Johanna und Sascha davon erfahren müssen, ich gleich bei Johanna zu Besuch bin, muss ich es dir heute erzählen. Außerdem habe ich die Neuigkeit schon viel zu lange zurückgehalten und ich platze, wenn ich es dir nicht bald sagen kann", sagte ich in einem Atemzug.

„Jetzt machst du mich aber neugierig. Komm setz dich und magst du einen Kaffee?"

Anna wurde freundlicher und wirklich interessiert, meine Neuigkeit zu erfahren.

„Ne, ich hatte schon genug Kaffee, ich weiß auch nicht, wo ich anfangen soll. Ich denke, ich mache es kurz! Du wirst in ungefähr sieben Monaten Patentante, wenn du magst?"

„Wie jetzt, du, du bekommst ein Baby?"

Mit geöffnetem Mund ließ sie sich auf einen Stuhl plumpsen. „Das gibt's ja nicht, meine Ulrike bekommt einen kleinen Racker." Dann sprang sie auf und umarmte mich. „Oh man, ich freue mich total, geht's dir auch gut? Fühlst du schon was? Kann man schon etwas sehen? Jetzt weiß ich auch, was Johanna meinte. Ich sag dir, die ahnt was. Wer weiß es sonst noch?"

„Nur Andreas und Jessica, und Louis weiß es mittlerweile bestimmt auch."

„Das ist echt eine tolle Neuigkeit, warum hast du so lange gewartet, mir davon zu erzählen?"

„Weil du Sorgen hattest, da konnte ich doch nicht einfach mein Glück, so mir nix dir nix rausposaunen!"

„Ulrike, du nimmst zu viel Rücksicht auf andere, ich hätte mich auch dann gefreut. Du Dummchen, komm her und lass dich herzen. Setzt dich bitte noch für einen Moment. Ich versuche dir im Schnelldurchlauf die Geschehnisse der letzten Nacht zu erzählen."

Auf Zehenspitzen schlich sie zur Schlafzimmertür und horchte, dort schien alles ruhig zu sein, somit erzählte sie mir von der letzten Nacht, von den klärenden Gesprächen mit Thomas, seiner Kündigung. Sie berichtete zudem, dass Thomas am Montag für ein paar Tage nach Heidelberg reisen wollte, er kannte dort viele Leute und meinte, es wäre gut, wenn er zu ihnen Kontakt aufnahm.

„Anna, ich bin überrascht und auch erfreut, wie sich das Blatt bei dir und Thomas wieder zum Guten gewendet hat, darf ich Johanna davon erzählen?"

„Natürlich, dass musst du sogar, ich habe keine Zeit, sondern reichlich zu tun", verschmitzt zeigte sie auf ihre Schlafzimmertür.

„Okay, ich bin schon weg, du solltest dennoch versuchen auch ein wenig zu schlafen. Die nächste Woche wird hart."

Wir verabschiedeten uns. Ich war zufrieden und froh, Anna endlich von meiner Schwangerschaft erzählt zu haben und nun zu wissen, dass es ihr gut ging. In dieser Stimmung erledigte ich entspannt meinen Einkauf.

Andreas packte gerade seine Sporttasche.

„Hey, bist du schon zurück?"

Wir verstauten die Lebensmittel, währenddessen berichtete ich Andreas von Annas zufälliger Begegnung mit Thomas.

„Oh man, das sind ja Neuigkeiten, da habe ich Sascha aber viel zu erzählen. Von der Schwangerschaft darf er jetzt auch erfahren?"

„Ja, mein Schatz, das darf er."

„Ich muss jetzt zum Sport, wann bist du wieder daheim?", fragte Andreas.

„Um vier oder fünf, denke ich, dann bereite ich schon mal das Essen vor, ihr könnt ruhig noch in die Sauna gehen."

„Gut, dann bin ich so um sechs zurück, bis später, viel Spaß."

„Euch auch, Tschaui, mein Schatzi."

Im Supermarkt hatte ich Eimerchen und Schaufeln für Johannas Kinder eingekauft. Ich konnte es nicht lassen, ihnen etwas mitzubringen, wenn ich sie besuchte. Vielleicht ließ das nach, wenn ich ein eigenes Kind hatte. Es war deutlich wärmer, als an den Tagen vorher. Auch der Wind fühlte sich heute sommerlich warm an. In Jeans, Turnschuhen, T-Shirt und Strickjacke machte ich mich auf den Weg zu Johanna und den drei Zwergen.

Während Johanna und ich die Gartenmöbel putzten, weil wir bei den Temperaturen beschlossen hatten, uns im Garten aufzuhalten, erzählte ich Johanna von den Neuigkeiten. Als ich ihr von meiner Schwangerschaft berichtete, sagte sie:

„Das hab ich mir gedacht, du hast so weich ausgesehen, aber auch müde."

Nach einem langen Frage- und Antwortspiel über den Verlauf ihrer Schwangerschaften, erfuhr ich, dass jede anders verlaufen war und es keine Regel oder Norm für den Verlauf einer Schwangerschaft gab.

„Doch", lachte ich, „keine Regel, ist während der Schwangerschaft wohl eine Regel."

Johanna hatte sofort gewusst, was ich meinte und musste lachen. „Auch ein Vorteil, wenn man schwanger ist."

„Gibt's noch mehr Vorteile?", wollte ich wissen.

„Nein", sagte sie kurz mit einer verstellten dunklen Stimme und packte mir ein Stück Kuchen auf den Teller.

Dann raschelte es hinter mir. Als ich mich umdrehte, stand Penny dort im Pyjama, mit einem Schnuller im Mund und einem Teddy unter dem Arm.

„Hallo Zwerglein! Na hast du gut geschlafen? Komm mal her", begrüßte ich sie.

Sie streckte ihre Ärmchen nach mir aus und ich nahm sie auf den Schoß. Ich zeigte ihr die neuen Eimer und Schaufeln, worauf sie gleich mit ihrem Pyjama in den Sandkasten wollte. Jetzt stand auch Mimi verschlafen in der Tür. Lisa war in der Nachbarschaft bei einer Freundin. Ich half Johanna die beiden Kleinen für den Aufenthalt im Sandkasten zu rüsten. Also verpackten wir sie in Matschhosen, alten Pullovern und Stiefelchen.

Nachdem ich mir das zweite Stück Kuchen einverleibt hatte, spannten wir ein Netz durch den großen Garten, teilten ein Spielfeld ein und spielten Federball.

Danach hockten wir uns an den Rand des Sandkastens. Als hätte uns jemand in unsere Kindheit zurückgeschubst, bauten wir mit den Kindern eine Burg und merkten dabei nicht, wie die Zeit verging. Ich hatte das Gefühl, in meinem Bauch die ersten Kindsbewegungen wahrzunehmen. Johanna meinte, mein Kind würde meine Freude spüren und bestimmt protestieren, weil es auch mit der Mama im Sandkasten spielen wollte.

Kapitel 18
Was führt Louis im Schilde?

Pünktlich um sieben Uhr fuhr ein Taxi vor, Sekunden später ertönte die Klingel. Andreas empfing Jessica und Louis. Für einen kurzen Moment zuckte ich zusammen, doch als ich Louis begrüßte, war alles Eis dahin geschmolzen. Ich schaute in ein mir vertrautes Gesicht. Liebevoll, reif und verständnisvoll war seine Haltung und seine Ausstrahlung. Wie dumm und anmaßend ich mich gegenüber Jessica verhalten hatte, wurde mir jetzt noch mehr bewusst und ich schämte mich ein wenig dafür.

Während wir aßen, wurden Andreas und Louis schnell miteinander vertraut. Sie diskutierten über unser Kita-Projekt und die Tatsache, dass wir für die Kita keine staatliche Unterstützung bekamen, aber dennoch alle Auflagen erfüllen mussten, als sei es eine öffentliche Einrichtung. Als Andreas dann die Gelder erwähnte, die durch das neue Lohnprogramm erzielt werden mussten, gab es seitens Louis und Jessica Einwände zu unseren Lösungsvorschlägen.

Louis stand auf und wanderte majestätisch durch das Wohnzimmer, während er ganz ruhig sprach.

„Wenn ihr so eine Einrichtung plant, dann sollte dies nicht auf dem Rücken eurer Angestellten ausgetragen werden. Eine Lohnminderung, die dem Preis für einen staatlichen Kitaplatz gleichkommt, ist angemessen, alles was darüber hinausgeht ist einfach zu viel, auch wenn ihr in diesem Zuge zusätzlich darauf achtet, Paare bei euch zu beschäftigen. Das Ganze bekommt vielleicht zu sehr einen Wohngemeinschaftscharakter, und den solltet ihr nicht repräsentieren.

Ihr seid weder Babysitter für eure Angestellten, noch allein verantwortlich für dieses Projekt, bezieht eure Angestellten mit ein. Wenn ihr Paare beschäftigt, dann habt ihr ein Elternteil eventuell auch nur halbe Tage beschäftigt oder ihr reduziert allgemein die Stunden. Vielleicht können die einen und die anderen, ehrenamtlich anfallende Arbeiten in der Kita übernehmen, die nicht unbedingt ausschließlich von Pädagogen übernommen werden müssen. Ich glaube, dass eure Johanna da bestimmt gute Ideen hat, hier einen Arbeitsplan mit den Angestellten aufzustellen und bei euren Mitarbeitern kommt die Idee auch sicher positiv an, wenn es die eigene Kasse nicht zu sehr belastet.

Achtet darauf, dass ihr die Mittelschicht erhaltet. Und denkt daran, wenn sich bei all euren tollen und sozialen Projekten eure Angestellten gut in der Mittelschicht bewegen können, erst dann geht es euch auch gut. Viel zu oft gerät dieser wichtige Punkt in den Hintergrund und dann wundern sich alle, dass es nur noch Reiche und Arme gibt. Zudem gibt es mit Sicherheit noch Menschen, die euer Projekt bezuschussen würden. Ich hätte da auch schon ein oder zwei Ideen."

„Louis!", mahnte Jessica ihn jetzt, „woran denkst du und was führst du im Schilde? Ich bin zudem überrascht, mit welch einem Elan du dich für diese Sache interessierst und welch ernsthafte Gedanken du dir machst."

„Ja!", staunte ich, „das überrascht mich auch."

„Möchtest du uns gleich sagen, woran du denkst?", fragte Andreas gespannt.

„Nein, ihr müsstet euch noch etwas gedulden. Ich möchte vorab noch einiges in Erfahrung bringen und wenn es soweit ist, dann informiere ich euch sofort.

Eines möchte ich euch schon verraten, ich denke, ihr könnt, wenn alles glatt läuft, einen Großteil der Kosten für den Ausbau der Kita abdecken."

„Wie willst du das anstellen, wir brauchen schon bald die Info, weil wir sonst nicht weiterkommen. Viele unserer Mitarbeiter brauchen bis spätestens Ende Mai einen Kita-Platz."

Jessica nahm meinen Arm. „Lass Louis nur machen, er weiß, was er tut."

„Denkt nur daran, ein Zuschuss könnte auch das Lohnprogramm beeinflussen und auch das muss fertig werden", fügte Andreas hinzu.

„Wenn ihr es dann noch benötigt?!", erwiderte Louis geheimnisvoll.

Nachdem Jessica und Louis zurück ins Hotel gefahren waren, dachten Andreas und ich noch nicht daran ins Bett zu gehen. Wir malten uns aus, was Louis wohl ausheckte und sammelten Ideen, wie wir unsere Mitarbeiter zur Unterstützung in der Kita hinzuziehen könnten.

Als Folge meiner Schwangerschaft, der Aufregung und der vielen Arbeit der vergangenen Woche erlaubte ich mir im Anschluss an den gelungenen Abend mit Louis und Jessica, einen zwölf Stunden Schlaf. In diesen Genuss war ich seit Jahren nicht mehr gekommen.

Erst das Geräusch der Dusche hatte mich aufgeweckt. Andreas war bestimmt schon joggen gewesen. Ich zog eine alte Jeans und einen Kapuzenpulli über. Der Tisch war frisch eingedeckt, also hatte Andreas auch noch nicht gefrühstückt. Ich sah mir die Liste vom Vorabend an, die Andreas und ich erstellt hatten, nachdem Jessica und Louis gegangen waren.

Andreas tauchte wie aus dem Nichts hinter mir auf und umarmte mich: „Guten Morgen mein Schatz oder wie würde Sascha sagen, Dornröschen, wie waren die elfundneunzig Stunden Schlaf? Dreh dich einmal um. Ah, ja der Schönheitsschlaf hat seine Spuren hinterlassen. Du bist wunderschön."

„Ja, ich weiß und hungrig, ich habe das Gefühl, als hätte ich zwölf Stunden keine Nahrung mehr zu mir genommen.", antwortete ich lachend.

In der Nacht waren die Temperaturen wieder stark gesunken. Draußen bot sich ein Bild grau in grau, somit schnappten wir uns unsere Bücher, flegelten uns auf die Couch und lasen.

Kapitel 19
Die Gönner

Am Montagmorgen überfielen wir Anna in ihrem Büro und bombardierten sie mit Fragen über den Verlauf und den Ausgang ihres Wochenendes mit Thomas. Wir erfuhren, dass die zwei bis heute Morgen zusammen gewesen waren. Thomas befand sich schon auf dem Weg nach Heidelberg, um dort einige alte Kontakte aufzufrischen, die ihm eventuell auch eine Chance auf einen neuen Job boten.

Nach diesen guten Nachrichten machten wir uns an die Arbeit. Johanna und ich hatten am Vormittag ein Treffen mit den Erzieherinnen und der neuen Leiterin. Wir wollten ihnen das Kita-Projekt und die virtualisierte Fassung der Einrichtung vorstellen. Danach fand ein gemeinsames Meeting statt, in dem es über den Gesamtablauf der Kitaorganisation ging.

Am Nachmittag kündigte Andreas den Besuch von Louis und Jessica an und bat uns, mit geheimnisvollem Tonfall, wir sollten in den Besprechungsraum kommen, dort würde eine Überraschung auf uns warten.

Louis und Jessica erschienen in Begleitung von zwei Herren. Wir setzten uns und warteten gespannt auf das, was wir nun so Geheimnisvolles erfahren sollten. Zwei unserer Mitarbeiterinnen hatten zwischenzeitlich Kaffeekannen und kleine Teller mit Gebäck aufgestellt.

Andreas eröffnete die Runde: „Liebe Ulrike, liebe Anna, ich darf euch nun zwei Herren vorstellen, die sehr großes Interesse daran haben, eure Projekte zu unterstützen."

Louis erhob sich von seinem Platz. „Die Betonung liegt hier wohlgemerkt auf dem Wort Projekte.", dann bat er Andreas mit einer Handbewegung seine Rede fortzuführen und setzte sich wieder.

„Zu meiner Rechten möchte ich euch Herrn Mertin und zu meiner Linken Herrn Selter vorstellen. Beide Herren sind sehr interessiert und würden euch gerne bei allen Projekten, die >Die Wunderforscherin< ins Leben gerufen hat, mit einer monatlichen Summe unterstützen."

Anna schaute mich mit großen Augen fragend an. Ich konnte ihren Blick nur mit einem Achselzucken erwidern. Dann ergriff ich das Wort.

„Auch wenn das nun alles so klinkt, als seien Sie ernsthaft daran interessiert, uns eine Summe zu überreichen und es jetzt vielleicht unhöflich wirkt, wenn wir nicht gleich, ja gerne, her damit rufen, so haben Sie doch sicher Verständnis dafür, wenn ich vorerst ein paar Fragen an Sie richte. Warum möchten Sie uns unterstützen? Wie hoch wäre der monatliche Betrag? Und was erwarten Sie für diese ritterliche Aktion im Gegenzug von uns?"

Herr Selter schlug vorsichtig mit einem Löffel an seine Tasse. Alle richteten ihre Aufmerksamkeit auf ihn. Es wurde mucksmäuschenstill. „Bitte entschuldigen Sie, wenn ich nicht aufstehe. Meine Knochen sind nicht mehr die jüngsten. Ich denke, ich kann Ihnen die Frage auch aus dieser Perspektive beantworten. Zunächst wären da wohl die Beweggründe, die uns veranlasst haben, über unser jetziges Vorhaben nachzudenken."

„Ja, ich glaube, das würde hier jeden interessieren, bitte berichten Sie und entschuldigen Sie meine Unterbrechung und Ungeduld.", warf ich ein.

„Sie sind jung und da ist es von Vorteil, ungeduldig zu sein. Louis ist schon seit Jahrzehnten mein bester Freund, wir haben uns vor langer Zeit auf einem

Ärztekongress kennengelernt. Wir telefonieren sehr häufig. Weil ich in Sankt Leon-Rot bei Heidelberg und er in Carbon lebt, können wir uns nicht kurz auf einen Sprung besuchen. Somit telefonierten wir regelmäßig. Die Telefonate waren meist sehr lang.

Er hatte immer viel zu berichten und erzählte mir von Jessica, auch von Jean und auch von Ihren Projekten, Frau Verderstett und Frau Benedikt.

Also bin ich über alles bestens informiert, von Anbeginn bis heute. Ich habe mit Faszination die enorme Entwicklung mitverfolgt. Mir entgeht kein Fernsehauftritt, keine Schlagzeile in den Zeitungen.

All die guten Taten, positiven Entwicklungen und neu ausgefeilten Projekte haben Hand und Fuß. Ich habe einmal zu meinen Freunden, zu denen auch Frank, also Herr Mertin, zählt, gesagt, all diejenigen, die Geld anlegen möchten und Geld für gute Zwecke verschenken möchten, sollten unbedingt auch einmal Ausschau nach jungen Menschen halten, die den Mut haben, Dinge, die nicht so laufen, zu verändern oder auch den Mut haben, ganz neue Möglichkeiten zu schaffen und mit frischen Ideen andere anzustecken beziehungsweise mitzuziehen.

Auch in der Entwicklung gibt es so viele Talente, die es wert sind, gehört und gefördert zu werden. Ich weiß, dass es schon so praktiziert wird. Allerdings sucht man die Talente in den Hörsälen von Universitäten, dabei sind sie vielleicht auch anderswo zu finden.

Ich habe zwei Talente gefunden, Frau Benedikt und Frau Verderstett. Ich hoffe, dass Sie beide unsere finanzielle Unterstützung gut gebrauchen und wertvoll einsetzen können und auch annehmen werden. Wir haben uns entschlossen, Sie, ohne jegliche Gegenleistung, zu unterstützen.

Mir geht es gut, ich bin bis auf ein paar „Alters-Wehwehchen" gesund. Ich möchte Ihnen von meinem Vermögen monatlich einen festen Betrag in einer fünfstelligen Summe zur Verfügung stellen. Ich denke, damit müssten Sie die anfallenden monatlichen Lohnkosten der Kita decken können. Ich habe schon gehört, dass es seitens der Stadt keine Unterstützung gibt und es wäre äußerst schade, wenn das Projekt aus diesem Grund zum Scheitern verurteilt wäre. Was meinen Sie, könnten Sie so ein Geschenk annehmen?"

Danach erhob sich Herr Mertin eilig und fügte hinzu: „Bevor mir vor lauter Begeisterung niemand mehr sein Gehör leiht, möchte ich Ihnen darüber hinaus eine einmalige Spende für die Errichtung der geplanten Kita überreichen. Herr Benedikt hat mir noch keinen Einblick in die Kostenaufstellung gewährt, das wollte er den Geschäftsgründerinnen überlassen. Wären Sie gänzlich bereit die Spende, gleich in welcher Höhe entgegen-zunehmen?"

Sascha stand auf. „Hallo Mädels, habt ihr das gerade gehört?" Zu den Herren gewandt sagte er: „Das ist jetzt kein Scherz und es ist auch noch nicht Weihnachten?"

„Nein, kein Scherz, kein vorgezogenes Weihnachtsgeschenk, kein Aprilscherz und auch kein Versuch euch beiden die Geschäftsführung zu entreißen oder Gelder zu waschen", beruhigte Louis die Anwesenden.

„Dann last uns alle zusammen ausgehen. Dieses Ereignis sollten wir feiern. Außerdem wäre die Atmosphäre dann auch lockerer", schlug Jessica vor.

„Du hast recht, Jessica", sagte Johanna, „los kommt raus hier, wir gehen zum Italiener."

Anna und ich gingen auf unsere Gönner zu und bedankten uns. Ich konnte nicht umhin, die zwei zu umarmen, dabei kamen mir die Tränen. Ich glaubte, meine Hormone hätten mich voll im Griff. Allerdings entging mir nicht, dass auch Anna zu Tränen gerührt war.

Beim Essen sind wir dann zum Du übergegangen, Herr Mertin hieß Frank, Herr Selter hieß Michael, zwei lustige Gesellen. Michael ergänzte sich hervorragend mit Sascha und somit wurde es ein richtig lustiger Abend.

Johanna freute sich über den Zuschuss für die Kita, somit konnte sie weiterplanen und das Projekt zügig zu Ende bringen. Jessica bot sich an, die Kinder zu betreuen, damit Johanna sich ausschließlich auf ihre Arbeit konzentrieren konnte.

Das Angebot nahm sie dankend an, denn die Kita war ihr viertes Baby. Zudem freute sie sich schon auf den Tag, an dem die Eröffnungsfeier der Kita stattfinden sollte. Sie konnte sich noch gut daran erinnern, als die Redaktion eröffnet wurde. An dem Tag fühlte sie das Leben wieder und fing an, es auch mit allen Sinnen zu leben und auch wieder zu lieben.

Vieles hatte sie Ulrike zu verdanken und auch Sascha. Sie alle waren ihre Familie, sie alle liebten ihre Kinder und waren immer für sie da. Sie beobachtete Sascha, wie er mit Michael lachte, sie sich gegenseitig Anekdoten erzählten. Sie liebte ihn von ganzem Herzen, er hatte ihr Leben verändert, sie von einem Weg abgeholt, der für sie schon fast zu Ende war und sie auf einen neuen geleitet. „Danke", flüsterte sie.

„Hi Johanna, wem dankst du?"

„Ach Ulrike, ich denke an die alte Zeit, ich danke dir und schau", sie zeigte dabei auf Sascha, „ist er nicht zauberhaft? Auch ihm habe ich viel zu verdanken."

„Ja, das stimmt, vergiss nicht, dass er keine Chance gehabt hätte, dir zu helfen, wenn du nicht an euch und vor allem so an dich geglaubt hättest! Dich als Partnerin zu haben, ist für ihn ein großes Glück. Manchmal habe ich das Gefühl, er ist verknallt in dich, wie am ersten Tag."

„Ulrike, du bist echt lieb", sie küsste mich auf die Wange und umarmte mich. „Weißt du?", fragte ich sie, „wann ich es das erste Mal gesehen habe, dass er sich in dich verliebt hat?"

„Nein, sag's mir!", sagte sie und schaute mich mit großen Augen an. Wenn sie so schaute, war sie einfach die hübscheste Frau, die ich kannte. Und dann fuhr ich fort: „An dem Tag, als ich bei dir war, um dich zu bitten für uns zu arbeiten und dir erzählt habe, dass ich in dem Buch von Onkel Jean deinen Namen gefunden hatte." Sie unterbrach mich: „Ja, ich erinnere mich, da war Sascha dabei!"

„Genau, du hast nicht gemerkt, wie er dich die ganze Zeit angesehen hat? Mir schien als hüpften viele kleine Herzchen aus seinen Augen, weißt du, wie in einem Comic, so pling pling", lachte ich.

„Da war er schon verliebt? Ich war so überrascht von eurem Stellenangebot und der Geschichte, die du mir erzählt hast, vielleicht habe ich es deshalb nicht gemerkt, oder ich wollte es nicht merken, unter meinem bunten Turban hatte ich ja schließlich nur Haarstoppeln und die Chemo hatte an meinem ganzen Körper ihre Spuren hinterlassen."

Der Abend ging dem Ende zu. Als wir uns verabschiedeten, versprachen Frank und Michael uns, dass sie zur Einweihung der Kita wiederkommen würden, wenn wir ihnen im Gegenzug versprachen, dass wir sie als großzügige Geldgeber nicht nennen und preisen würden.

Michael sagte sehr treffend: „Tue Gutes, aber tu es leise."

In diesem Sinne lösten wir unser spontanes Treffen auf.

Ich lag an diesem Abend wieder sehr lange wach und dachte über unser Glück nach, ich konnte es noch nicht glauben. Zärtlich streichelte ich meinen Bauch und erzählte meinem Kind leise von den neuen Ereignissen, dann spürte ich deutlich eine Bewegung. „Hey du Racker, trittst du mich?"

Sofort war Andreas neben mir hellwach: „Hat es sich bewegt?" Er legte seine Hand auf meinen Bauch, doch es bewegte sich nicht noch einmal. „Es schläft schon", sagte Andreas, „dass solltest du auch mein Schatz. Der Tag war anstrengend, komm in meinen Arm."

Kapitel 20
Nur ein Gockel!?

Seit Montag war Thomas nun schon in Heidelberg. Gleich auf der Fahrt hatte er einen alten Kollegen über seinen Aufenthalt in Heidelberg in Kenntnis gesetzt. Dieser war erfreut von Thomas zu hören und erklärte sehr überschwänglich, wie wenig Zeit er eigentlich hatte.

„Mensch alter Freund, da müssen wir uns unbedingt treffen. Ich schau mal, wie ich mich freistrampeln kann. Du weißt ja, ich bin jetzt Korrespondent für die Nachrichten bei >ÜDS< (Übertragung durch Spezialisten). Hast mich bestimmt schon gesehen. Ich melde mich, bis dann."

Er beendete das Gespräch ohne Thomas irgendetwas zu fragen. Aus dem Hotel heraus telefonierte Thomas den ganzen Nachmittag und rief alle alten Kollegen und auch seine ehemaligen Freunde an. Er wunderte sich. Denn einige freuten sich von ihm zu hören, als er jedoch erwähnte, dass er zu Besuch kommen wolle, behaupteten alle, sie hätten im Moment keine Zeit. Deprimiert legte er sich auf sein Bett im Hotelzimmer und starte an die Decke. Er dachte an Anna. Sie hatten verabredet, er solle sie am Abend anrufen, jetzt war es schon wieder nach acht. Was sollte er ihr erzählen, er hatte nichts erreicht, er wollte nicht dastehen, wie ein Verlierer. Er drückte sein Gesicht ins Kissen und schlief ein. Die vielen Anrufversuche von Anna hatte er nicht mehr gehört.

Anna lief daheim in ihrer Wohnung auf und ab und konnte sich nicht erklären, warum Thomas sie nicht angerufen hatte. War er in so wichtigen Gesprächen oder meinte er es doch nicht ernst? Sie war sehr erschöpft von den Ereignissen des Tages. Gerne hätte sie Thomas davon erzählt, jetzt war sie traurig und auch ein bisschen sauer auf ihn. Sie legte sich samt Kleidung auf ihr Bett und schlief ein.

Als Thomas am späten Vormittag am Frühstücksbuffet stand, klingelte sein Handy. Die anderen Frühstücksgäste warfen ihm einen bösen Blick zu. Schnell drückte er die Stummtaste. Auf dem Display erschien der Name seines alten Kollegen Uwe. Er stellte seinen Teller ab, nahm das Gespräch entgegen und ging damit in die Hotellobby, dort störte er niemanden, während er telefonierte.

„Mensch Thomas, toll, dass ich dich erreiche, wollen wir uns heute vielleicht zum Mittagessen treffen? Kennst du den Chinesen an der Sperberstraße, dann würde ich sagen wir treffen uns um zwölf dort?!"

Thomas konnte wieder nur „Ja" sagen, dann war die Leitung stumm.

Blödmann, dachte Thomas, gut, dann will ich mal hören, was du mir so berichten möchtest oder schon aus der Munkelkiste erfahren hast.

Ein Frühstück brauchte Thomas nun nicht mehr, er nahm sich einen Becher Kaffee und ging zurück auf sein Hotelzimmer. Dort sah er die Liste der entgangenen Anrufe noch einmal durch. Anna hatte versucht ihn zu erreichen, genau fünfzehnmal. Zudem hatte er eine Sprachnachricht erhalten, von seinem Ex-Chef, die er nicht hören wollte. Von Anna hatte er keine Nachricht auf der Mailbox, auch keine SMS. Insgeheim hatte er gehofft, wenn er sich nicht meldete, dass sie ihm eine Nachricht schreiben würde. Ihm wäre es auch angenehmer, er könnte per SMS antworten. Er dachte, er käme in Erklärungsnot, wenn er ihr erzählte, er sei einfach eingeschlafen. Er wusste genau, wartete er jetzt noch drei Stunden, um es ihr zu sagen, dann würde er die Sache vielleicht noch schlimmer machen. Sie kannte ihn doch noch nicht so gut, was also musste sie nun denken, nachdem sie ein so schönes Wochenende miteinander verbracht hatten.

Er sah sie vor sich, wie sie aus ihrem Auto stieg, ihn in den Arm nahm, ihre sehnsuchtsvollen Augen, ihre zarten Hände, ihre langen Beine, die zerwühlten Haare, als sie in der Nacht aufwachte und sie Kaffee getrunken hatten, ihre sanfte Stimme, die er vernahm, als sie in der Küche mit Ulrike sprach.

Er musste sie anrufen, aber er hatte auch Angst, denn er fühlte sich wie ein Verlierer. Sie bewegte sich seit der Idee mit der Wunderforscherin auf der Überholspur und siegte in jeder Hinsicht. Er hatte alles verloren, seine Freunde waren Vergangenheit, sie dagegen hatte Freunde, auf die sie sich verlassen konnte. Als er nun daran dachte, stieg sogar ein wenig Neid in ihm auf. Er versuchte die Gedanken mit einer Kopfbewegung abzuschütteln.

Das ist Blödsinn, Thomas, dachte er, auch ich habe noch einen Freund und ich werde die Freundschaft wiederauffrischen, nach all dem, was wir gemeinsam erlebt haben, musste es einen Weg geben. Jetzt liegt es an mir, mein Leben voranzutreiben, ich muss mich ändern.

Also nahm er sein Handy, rief Annas Kontakt auf und hörte das Freizeichen, er spürte, wie die Hitze sich auf seinem Rücken ausbreitete. Als am anderen Ende niemand den Anruf entgegennahm, war er erleichtert, nun nichts erklären zu müssen. Also schrieb er eine Nachricht an Anna.

Liebste Anna,

ich bin gestern Abend um acht ins Bett gefallen und habe jetzt erst gefrühstückt. Sorry, wenn ich mich nicht gemeldet habe. Mir ging es nicht besonders, all meine Anrufversuche zu den alten Kontakten haben nichts ergeben. Ich weiß auch, es ist nicht OK, gib mir ein wenig Zeit, bitte. Ich glaube, ich muss erst einmal auf die Füße fallen, um einen Schritt vor den anderen machen zu können. Im Liegen und vor allem mit der Nase im Dreck läuft es sich so schlecht. Ich küsse dich und freue mich schon darauf, dich wieder in meine Arme nehmen zu können. Gleich treffe ich mich mit einem alten Kollegen. Bis später.

Thomas

Um kurz nach zwölf betrat Thomas das Restaurant. Er blickte sich um, ein Kellner kam direkt auf ihn zu. Mit einem breiten Grinsen begrüßte er Thomas und fragte, ob er einen Tisch bestellt hatte. Thomas erklärte ihm, dass er mit einem Herrn verabredet sei und dieser vielleicht einen Tisch auf seinen Namen reserviert habe. „Ah", sagte der Kellner, „dann müssen Sie Herr Riebering sein, schön Sie hier begrüßen zu dürfen. Ich habe oft Ihre Sendung gesehen, bitte entschuldigen Sie, wenn ich Sie nicht gleich wiedererkannt habe. Herr Rögert erwartet Sie schon, darf ich Sie zu seinem Tisch führen?"

„Ja, gern."

„Dann folgen Sie mir bitte!"

Thomas sah Uwe, wie er in der Speisekarte blätterte. Er erkannte ihn an seiner Halbglatze, die Thomas entgegen blinkte. Als Uwe ihn entdeckte, sprang er von seinem Platz auf und begrüßte ihn so überfreundlich, dass es Thomas, gegenüber den anderen Gästen im Lokal, fast peinlich war.

„Thomas, altes Haus!", dabei schlug er ihm auf die Schulter. „Mensch, schön dich zu sehen, ich glaube wir haben uns zuletzt vor einem Jahr gesehen. Setzt dich, und suche dir etwas von der Speisekarte aus, ich lade dich ein."

„Danke Uwe, ich freu mich auch, dich zu sehen", log Thomas.

Uwe erzählte von seinen Erfolgen in seinem Sender, von hübschen Kolleginnen und dass er nun, so berühmt wie er war, mehr Dates bekommen könnte, als er Zeit hätte, diese auch alle wahrzunehmen.

Dummer Gockel ,dachte Thomas bei sich, sagte aber nichts. Er saß nur da und hörte dem selbstgefälligen Kikeriki von Uwe zu. Irgendwann würde er schon zur Sache kommen, denn so angeberisch, wie Uwe jetzt hier vor ihm saß, hätte er sich niemals mit Thomas verabredet, einfach nur so, des Wiedersehens zur Liebe. Dass die Bambussprossen, die er in sich hineinstopfte zusammen mit so vielen Worten noch Platz in seinem Mund fanden, wunderte Thomas.

Als der Espresso nach dem Essen kam, lehnte Uwe sich zurück. Mit den Händen auf dem vollen Bauch liegend fragte er: „Warum wir hier sind, hatte ich dir schon gesagt?"

„Nein Uwe, das hast du noch nicht erwähnt und ich kann mir nicht vorstellen, dass du dich hier mit mir triffst, um mir die Details deiner vielen Dates mit-zuteilen."

„Nein, obwohl…", überlegte Uwe und sah zur Decke. Thomas hoffte, er würde jetzt endlich zur Sache kommen. „Gut, das würde auch zu lange dauern, vielleicht ein anderes Mal. Dann lege ich mal los und erzähle dir, warum ich hier bin.", dabei rieb er sich die Hände und rückte sein Jackett zurecht.

„Die Buschtrommeln sind schneller als man denkt, das kannst du dir ja vorstellen?"

Thomas stellte sich unwissend und zuckte mit den Schultern.

„Na, ich meine, wenn ein so berühmter Moderator und Korrespondent, wie du einer bist, gekündigt wird, dann macht das schnell die Runde. Du weißt ja, alle wichtigen Leute erfahren diese Art von Neuigkeiten, bevor sie in der Zeitung stehen."

„Ach, du weißt es schon?", tat Thomas überrascht.

Uwe lachte gekünstelt: „Tja, was dachtest du denn, ich bin beim größten Fernsehsender beschäftigt und du weißt ja, die Großen halten zusammen."

Alter Angeber, dachte Thomas wütend und wusste genau, warum es ihm so schlecht ging. Uwe war jemand, der sich hatte verbiegen lassen und sich jetzt darin sonnte, einer Macht anzugehören und nicht einmal merkte, wie sehr diese Macht ein Arschloch aus ihm gemacht hatte. Egal, Uwe ist nicht deine Baustelle, finde heraus was er will, redete Thomas innere Stimme beruhigend auf ihn ein.

„Wenn du es schon weißt, warum hast du dich dann mit mir getroffen?", wollte Thomas wissen.

„Nun, es ist so, du bist nun einmal ein beliebter Moderator und einer der besten Korrespondenten. Wenn du mich nicht aufgesucht hättest, dann hätte ich dich aufsuchen müssen.", dabei richtete er den Zeigefinger nach oben.

„He? Verstehe ich das richtig, deine Bosse haben dich geschickt?", fragte Thomas.

„Ja, wenn du es so willst, ja, das haben sie", gab Uwe kleinlaut zu.

„Mit welchem Hintergrund? Was haben sie vor?"

„Sie wollen dich!"

„Wozu? Ich meine, was soll ich für Aufgaben übernehmen?"

„Das wollen sie dir selbst sagen, ich könnte dir für morgen noch einen kurzfristigen Termin dazwischenschieben.", dabei blätterte er in seinem Handy: „Sagen wir um zehn, lass dich zum Sitzungssaal führen, am Empfang wissen die dann Bescheid. Kommst du?"

„Du weißt schon, dass ich nicht rausgeflogen bin, sondern gekündigt habe und dass bei dem zweitgrößten Fernsehsender?"

„Das interessiert vorerst keinen, komm und höre dir an, was sie dir anbieten. Ich muss jetzt auch los, du weißt ja, die Arbeit ruft. Wir Korrespondenten können uns kein Privatleben leisten. Also wir sehen uns dann morgen!"

Uwe stand auf, ging zur Kasse, reichte dem Kellner eine Karte, winkte Thomas noch einmal wichtigtuerisch zu und verschwand.

Thomas saß da und schaute sich im Lokal um. Die meisten Gäste hatten ihre Mittagspause beendet und verließen nach und nach das Restaurant. Nach einer Tasse Kaffee verließ auch er das Lokal. Draußen wurde es Frühling. Spontan lief er durch die Stadt, gerade auf den Stadtpark zu, dort setzte er sich auf eine Bank und ließ seinen Gedanken freien Lauf.

Erst purzelten sie wild durcheinander, dann wurden sie klarer, sortierter, waren nicht mehr auf die Vergangenheit gerichtet, sondern spazierten in die Zukunft, langsam entwickelten sich Bilder. In diesem gelösten Zustand ließ er die Bilder zu, die seiner Fantasie entsprangen.

Er sah, wie Anna und er Seite an Seite zusammen Urlaub machten, an den schönsten Plätzen der Welt. Er sah Kinder, ganz viele, mit denen er Fußball spielte.

Er sah ein Haus und einen Garten, dann kam ein Bild in ihm auf, von einem Bauernhof mit Kühen und Schweinen. Bei der Vorstellung musste er jetzt lachen. Dann kehrten seine Gedanken zurück zu dem Treffen mit Uwe. Er wollte es analysieren, konnte sich allerdings nicht vorstellen, warum der Sender ihn haben wollte und welche Aufgaben dort auf ihn warten könnten. Wenn der >WNS< erfahren sollte, dass er beim >ÜDS< anfangen würde, dann würden die Ex-Bosse Thomas in der Luft zerreißen.

Somit fasste er den Entschluss, sobald er wieder im Hotelzimmer war, vorsichtshalber gleich einen Termin mit seinem Anwalt zu vereinbaren. Sollte der >>WNS<< es wagen, Lügen über ihn zu verbreiten, dann hätte auch Thomas genug gegen sie in der Hand und das wusste auch der >>WNS<<. Der Chef ließ bestimmt jetzt schon kein gutes Haar mehr an ihm. Wenn die Buschtrommeln schon sagten, er sei gekündigt worden, dann hatte da irgendjemand nicht die Wahrheit gesprochen.

Sein Handy vibrierte in seiner Hosentasche, ANNA!

„Hallo Anna, schön, dass du anrufst."

„Hallo Thomas, ich vermisse dich. Wo bist du?"

„Ich sitze im Park und stelle mir gerade vor, wie ich mit einer Latzhose bekleidet, auf einem Bauernhof die Kühe füttere."

„Das ist nicht dein Ernst?", lachte Anna ins Telefon.

„Hey, lach noch einmal so, ich liebe es, wenn du so lachst."

„Bring mich zum Lachen, dann kannst du es hören. Wie war dein Treffen?", fragte Anna interessiert.

„Ich habe morgen Vormittag einen Termin. Die vom >ÜDS< wollen mich."

„Mensch, wieder ein großer Sender, was sollst du da machen?"

„Keine Ahnung, das werde ich dann erfahren."

„Haben die noch nicht gehört, was im anderen Sender vorgefallen ist?"

„Doch, gerade deswegen hätten sie sich ohnehin bei mir gemeldet", meinte Thomas.

„Ist schon komisch, hatte dein Ex-Chef nicht gesagt, kein Sender würde je wieder Interesse an dir zeigen?"

„Ja, das wundert mich auch, mal sehen, was dahintersteckt. Im Vordergrund steht die Chance auf einen neuen Job."

„Einen Job hattest du auch vorher. Vergiss nicht, was dir wichtig ist und leuchte die Seiten gründlich ab, bevor du wieder in irgendetwas gefangen bist", warnte Anna vorsichtig.

„Ja Anna, ich passe auf, versprochen."

„Aufpassen kannst du auf dich, dass weiß ich. Versprochen haben sich schon viele. Du darfst dich nicht blenden lassen, mein Liebster."

„Ich will jetzt zu dir, dich küssen und…", wechselte Thomas das Thema.

„Dann komm schnell wieder heim! Wenn du den Job in Heidelberg annimmst, dann werden wir uns wohl nur am Wochenende sehen können. Das ist dir schon klar, oder?"

„Hm, darüber habe ich noch gar nicht nachgedacht. Noch steht ja nichts fest. Erst einmal möchte ich hören, was die mir zu sagen haben. Heute Abend rufe ich dich an."

„Dann bis heute Abend."

Gleich als er aufgelegt hatte, klingelte sein Handy wieder. Die Nummer wurde im Display nicht angezeigt. Er nahm das Gespräch entgegen: „Thomas Riebering."

Eine Männerstimmer erklang: „Hallo Thomas, ich bin's, Sven, du hast gestern bei uns angerufen, ich habe deine Nummer aufblinken sehen, wo bist du? Was machst du?"

Erleichtert und fast den Tränen nahe vernahm er die sympathische Stimme seines besten Freundes Sven. Wie gern hätte er sich jetzt gleich mit ihm getroffen und sich an seiner Schulter ausgeheult.

„Sven, schön dich zu hören, ja ich bin in Heidelberg und wollte fragen, ob wir uns einmal treffen können?"

„Einmal treffen, du machst wohl Witze."

Thomas blieb nach den Worten von Sven für einen Augenblick die Luft weg, er konnte nichts sagen, er hatte das Gefühl, sein Freund wollte nichts von ihm wissen.

Nach einer kurzen Pause sprach Sven weiter.

„Scherzchen! Du packst bitte sofort deine Sachen, kündigst dein Hotelzimmer und quartierst dich bei uns ein."

Ohne weiter zu überlegen antwortete Thomas spontan: „Okay, wann soll ich kommen?"

„Sofort, ich habe ein paar Tage frei, also verschwende keine Zeit, ich hab dir viel zu erzählen und nach allem was mir heute Morgen zu Ohren getragen wurde, hast du noch mehr zu berichten."

„Die Buschtrommeln", murmelte Thomas.

„Also mein Freund, ich erwarte dich in den nächsten zwei Stunden, bis gleich."

„Ja danke, bis gleich, ich freue mich."

Ein Gemisch aus Freude und Unbehagen stieg in Thomas auf, als er seine Sachen packte. Eine Stunde später machte er sich auf den Weg zu seinem Freund, er konnte sich nur vage an das neue Haus erinnern. Karin und Sven hatten ihn seinerzeit zum Richtfest eingeladen. Danach war Thomas nie wieder dort gewesen.

Karin kannte er, seit Sven und sie ein Paar waren. Jetzt freute er sich, die zwei endlich wiederzusehen.

Karin öffnete ihm die Tür. Sie wirkte runder als damals und das lag wohl auch an ihrem Bauchumfang. Als Thomas näher herankam, sah er, dass Karin hochschwanger war.

Sie begrüßte ihn herzlich. Thomas begutachtete ihren Bauch und erfuhr, dass es noch zwei Monate bis zur Entbindung waren. Ansonsten stellte er fest, hatte sie sich nicht verändert. Dann entdeckte er seinen Freund, der im Flur stand, die Arme ausbreitete und rief: „Der verlorene Sohn! Komm an meine Brust weißer Bruder!" Thomas ließ den Koffer stehen und ging auf seinen Freund zu.

In seinem Arm hatte Thomas plötzlich Angst, er könnte zusammenbrechen und nahm schnell wieder Abstand. Sven musste es gemerkt haben und sagte: „Komm, wir gehen ins Arbeitszimmer, dann kannst du mir alles erzählen. Karin Engel, bringst du uns den Kuchen und den Kaffee rein, ich zeige Thomas noch kurz sein Zimmer?"

„Ja, das mache ich, ich lasse euch mal alleine. Am Abend könnt ihr euch eine Pizza backen. Ich fahre jetzt zu meiner Freundin. Thomas bitte fühle dich, wie zu Hause."

Während Thomas durch seine Erzählungen die Lücken der letzten zwei Jahre füllte, brach er zwischenzeitlich in Tränen aus. Sven saß nur da und hörte zu. Ließ ihn weinen, schimpfen und freute sich über die Stellen seiner Erzählungen, wenn er von seinen Gefühlen zu Anna sprach. Als er von seinem Freilauf im Park berichtete, war Sven sichtlich amüsiert. Seine

Beschreibung, wie er die Sachen im Sender gepackt hatte, brachte ihn und letztendlich auch Thomas wieder zum Lachen.

Nachdem sie die Pizza gegessen hatten, beendete Thomas seine Erzählung. Von Svens Seite aus gab es nicht so viel zu berichten. Sein Leben verlief glatt und friedlich. Jetzt sah er mit großer Freude zu, wie sein Kind im Bauch seiner Frau an Gewicht zunahm. Die Urlaubstage nutzte er, um das Kinderzimmer einzurichten.

Stolz zeigte Sven das neue Kinderzimmer, in dem ein langer Tapeziertisch stand. In einer Kiste lagen Rollen mit hellblauer Tapete und eine Bordüre mit niedlichen Teddybären.

„Schön, mein Freund, wenn ich die Farbwahl eurer Tapete so sehe, dann bekommt ihr sicher einen Jungen. Darf ich dir beim Tapezieren helfen?", schmunzelte Thomas.

„Was glaubst du, warum ich dir so schnell ein Bett angeboten habe?" Dabei lachte Sven. Wie in alten Zeiten, als sie Thomas' WG-Zimmer streichen wollten, saßen sie jetzt auf dem Fußboden des Kinderzimmers und überlegten, wie sie am Tag darauf vorgehen wollten.

Als Karin sich zu später Stunde dazugesellte, bekamen Thomas und Sven Anweisungen, wo die Möbel platziert werden sollten.

Um Mitternacht fiel Thomas in sein Bett, er wählte Annas Nummer. Sie war nicht mehr erreichbar. Wieder hatte er es versäumt, sie anzurufen. Er schrieb eine lange Nachricht, von der positiven Entwicklung seines Tages, und dass er am darauffolgenden Nachmittag ein Kinderzimmer tapezieren würde. Dann folgte eine genaue Personenbeschreibung zu Karin und Sven.

Als er die Nachricht noch einmal las, bevor er sie verschickte, freute er sich über diese vielen positiven Punkte, die er darin erwähnt hatte und vor allem über seine eigene Wortwahl, kein aber kein wenn. Zufrieden mit sich und der momentanen Situation schickte er die Nachricht ab. Er stellte fest, dass er Sven nicht gesagt hatte, um welche Person es sich bei Anna handelte, er beschrieb nur ihr Wesen und seine Gefühle zu ihr. Thomas erwähnte mit keinem Wort Annas Freunde. Sven kannte die Zeitung und Anna hatte er auch schon einmal in der Vergangenheit kennenglernt auf einer Hochzeit.

Da Sven nicht gefragt hatte, was Anna beruflich machte, gab es für Thomas auch noch keinen Grund, allen auf die Nase zu binden, dass es sich hier um Anna Verderstett handelte. Wenn er das getan hätte, wären seine Chancen, allein mit Sven zu sprechen für den Rest des Aufenthaltes dahin gewesen.

Karin war wohl eine der treuesten Leserin des Magazins >Die Wunderforscherin>. Bestimmt wäre auch Sven von ihrer Berühmtheit geblendet gewesen. Hier bei seinen Freunden ging es im Moment nur um ihn. Realität, ohne Farbe, ohne Maske, ohne sich zu brüsten mit dem Ruhm anderer.

Am Morgen vor dem Termin gab Sven ihm einen Rat mit auf den Weg. Thomas möge die Sache genau ableuchten, damit er nicht wieder zum Sprachrohr anderer würde.

Kapitel 21
Abstand

Anna rieb sich die Augen. Noch ehe sie ein Bein aus dem Bett stellte, schaltete sie ihr Handy ein. Kurz danach ertönte der Ton, der eine neue Nachricht von Thomas ankündigte. Seit sie Thomas nun näher kannte, liebte sie dieses Geräusch. Sie war nicht böse, dass er am Abend nicht mehr angerufen hatte, sie war ohnehin bis um neun Uhr im Büro gewesen. Durch die anstehenden Finanzspritzen von Michael und Frank konnten alle Planungen zügig vorangehen und das bedeutete viel Arbeit und verlangte ihnen einiges an Koordination und Organisation ab. Mit großer Freude las sie die Zeilen von Thomas. Begeistert von seiner positiven Schreibweise und seiner Wortwahl, antwortete sie ihm gleich.

Als sie ins Büro kam, stieß sie mit Andreas zusammen. „Hallo Andreas, bist du auf der Flucht oder warum kommst du so um die Ecke gerast?"

„Ne, nicht auf der Flucht, aber ich glaube, wir sollten hier ein Verkehrsschild aufstellen, die Ecke ist sehr gefährlich, ich wäre bald vor die Tür gedonnert."

Anna lachte: „Ja, ich werde eins bestellen, was brauchst du, ein Stoppschild, Vorfahrt achten oder lieber rechts vor links?"

„Denk dir was aus, ich muss Koffer packen, fahre nach Heidelberg, du weißt doch, ich habe einen Termin mit Michaels Bank."

„Ach ja stimmt! Wenn du Thomas triffst, dann grüß schön!"

„Wieso Thomas?"

„Er ist in Heidelberg. Schau nicht so, ich habe nur Spaß gemacht. Die Wahrscheinlichkeit, dass du ihn dort triffst, ist wohl gering."

„Ja genau, ich würde ihn auch nicht erkennen, denke ich. Tschau Anna, euch noch viel Spaß. Du kannst dich gerne für zwei Nächte bei uns einquartieren, Jessica und Louis sind auch mittlerweile zu uns umgezogen. Sie machen den Haushalt, kochen und verwöhnen Ulrike so gut es geht.", Andreas gab Anna einen Kuss auf die Wange und verschwand.

Mit singender Stimme ging Anna schnurstracks in Ulrikes Büro. „Morgen Püppi, oder sollte ich besser sagen guten Morgen Strohwitwe? Dein Mann hat mir soeben seinen Schlafplatz angeboten, weiß er, dass wir zwei ein Verhältnis haben?", dabei legte sie die Hände auf ihre Hüftknochen auf und hielt sie so, als wollte sie in meine Richtung zwei Pistolen abfeuern.

„Haha, du Komikerin, wenn du versprichst, mich nicht anzurühren, kannst du gerne bei mir schlafen."

Sie lachte dreckig: „Das muss ich mir noch überlegen, Schätzchen und du bist genauso ein Komiker, wie ich einer bin. Nur, dass das mal klar ist."

„Scherz beiseite, ich habe hier einen ernsten Brief vom Gesundheitsamt, wir müssen darauf achten, dass wir die Handtuchhalter im Bad für die Handtücher der Kinder mit einem Abstand von mindestens zwanzig Zentimetern anbringen, Hygieneauflage nach Paragraf Dingsbums. So wie Sascha die Haken hat anbringen lassen, geht das nicht. Bei einer Zuwiderhandlung und nicht Beachtung müssen wir mit einem Bußgeld rechnen."

„Okay, dann bauen wir es um."

„Toll, die Löcher sind bereits in den Fliesen. Die spinnen doch echt!", schimpfte ich.

Johanna kam ins Büro. Ich zeigte ihr das Schreiben. „Hier Johanna, schau, was da nun wieder geschrieben steht und dann lasst uns runter in die Kitaräume gehen und sehen, wie weit die Handwerker mit dem Ausbau sind. Am Freitag- oder Montagmorgen sollen schon die Möbel geliefert werden."

„Oh man, armes Deutschland, kommt wir schauen uns das einmal vor Ort an, vielleicht gibt es eine andere Lösung. Wo ist Sascha?", fragte Johanna.

„Er müsste unten sein", antworteten Anna und ich gleichzeitig.

In der Kita roch es nach frischer Farbe, der Fußboden war mit Filz ausgelegt. Die Streicharbeiten waren bereits abgeschlossen. In den Fluren brachte der Schreiner die Garderobenbretter und die Schuhregale an. Sascha stand auf einer Leiter und montierte zusammen mit dem Elektriker eine Schiene mit Strahlern in einem Gruppenraum. Der Raum der Gruppenleiter war bereits komplett fertig. Hier war ein besonderer Ort entstanden mit einem freundlichen, ganz persönlichen Touch. Aus dem großen Fenster hatten die Erzieherinnen einen freien Blick auf den Spielplatz. Auch hier wurde fleißig daran gearbeitet, die Geräte aus Holz aufzubauen. Der Boden in der angrenzenden Turnhalle war verlegt. Das viele Spielzeug und die Turngeräte trafen soeben ein.

Im Waschraum sahen wir die Handtuchhaken. Ich schnappte mir aus einer Werkzeugkiste ein Maßband und kontrollierte den Abstand.

Anna kam näher und sagte entrüstet: „Neunzehn Zentimeter. Sag mal, bin ich im Affenstall! Das ist doch reine Schikane! Leute, das nehme ich auf meine Kappe. Hier wird nichts verändert. Die bekommen jetzt einen

Brief von mir, in dem steht, dass das so bleibt. Besser wird es jedoch wohl sein ich statte denen noch einen Besuch ab, dann kann ich meinen Frust darüber persönlich loswerden.! Ich fahre da gleich mal vorbei! Anna hielt das Maßband erneut an und bat mich ein Beweisfoto mit ihrem Handy zu machen. Dann verabschiedete sie sich.

Johanna und ich gingen eingehakt stolz durch die neuen Räume, wir setzten uns auf eine Fensterbank. Dabei sahen wir uns an und lachten. Wir dachten beide das Gleiche und das wussten wir, ohne es zu erwähnen.

Ein Wunder war das alles hier und nur weil wir an Wunder glaubten, durften wir sie immer wieder erleben und erkennen.

Kapitel 22
Das Angebot

Thomas betrat die große Halle des Senders. Am Empfang wurde er nach seinem Namen gefragt, dann bat man ihn kurz zu warten. Eine Dame kam auf ihn zu und forderte ihn höflich auf, ihr zu folgen. Als er in den Sitzungsaal geführt wurde, waren dort schon acht Herren und zwei Damen versammelt. Der Chef des Senders ging auf Thomas zu: „Guten Tag Herr Riebering, mein Name ist Wolfgang Peters, ich bin der Chef dieses Senders."

„Guten Tag Herr Peters, ich habe schon viel von Ihnen gehört". Zu den anderen gewandt nickte er und klopfte mit den Fingerknöcheln auf den Tisch: „Guten Tag.", sein Klopfen wurde erwidert.

„Setzen Sie sich bitte Herr Riebering und bedienen Sie sich, wir haben Kaffee und Mineralwasser für Sie bereitgestellt."

„Vielen Dank."

„Wir kommen dann am besten gleich zur Sache. Herr Rögert hat Ihnen noch nicht gesagt, worum es geht?"

„Nicht direkt. Uwe, ich meine Herr Rögert, hat nur angesprochen, dass Sie interessiert sind, mich in Ihrem Team aufzunehmen." Thomas blickte zu Uwe, der genau in diesem Moment so tat, als wollte er etwas aus seiner Tasche holen und wandte den Blick schnell von Thomas ab.

Thomas spürte gleich, dass an diesem Treffen etwas faul war. Wie immer machte sich sein Unwohlsein durch die aufsteigende Hitze, die sich auf seinem Rücken ausbreitete, und durch die schweißnassen Hände, bemerkbar. Er wollte aufstehen und gehen, konnte sich aber nicht bewegen. So vernahm er schweigend, ohne eine Miene zu verziehen, die Worte von Herrn Peters. Auf die vielen Fragen, die im Anschluss von den anderen Beisitzern gestellt wurden, antwortete er apathisch. Es dauerte einige Minuten, bis Herr Peters die Sache auf den Punkt und damit zum Abschluss brachte.

„Nun denn, Sie haben uns ehrlich und ohne Umschweife die Wahrheit über den Austritt aus dem >WNS< geschildert. Ihre Erfahrungen aus den verschiedensten Arbeitsbereichen, mit denen wohl kaum ein anderer Korrespondent aufwarten könnte, sind enorm und wären für uns von großem Nutzen.

Wobei wir nun aus Ihrer Beliebtheit keinen Profit schlagen dürfen. Sicher haben Sie Verständnis dafür, wenn wir Sie in der Öffentlichkeit, also vor der Kamera, nicht beschäftigen können. Wir würden damit die interne Politik aller Sender in Frage stellen. Als erfahrener Korrespondent sollten Sie auch wissen, dass die Nachrichten doch immer abgeschwächt oder verstärkt dargestellt werden. Auch hier würden Sie damit konfrontiert. Ihr, die Nachrichtensprecher seid es doch, die die Politik unterstützen. Sie können mir nicht erzählen, dass Sie erst jetzt dahintergekommen sind. Ich denke für einen Auftritt vor der Kamera fehlt Ihnen die Rüstung oder besser gesagt das dicke Fell. Die interne Politik eines Senders dürften Sie niemals so nah an sich herankommen lassen. Sie haben doch wohl schon Schlimmeres erlebt. Da wird es bestimmt kein Beinbruch sein, Nachrichten zu puschen. Aber genug der langen Rede, wir haben ein Angebot für Sie, welches Sie auf keinen Fall abschlagen können.

Wir möchten Ihnen einen Job, als Auslandsreporter anbieten, da kennen Sie sich aus. Sie spielen dann Ihrem alten Freund Uwe Rögert die Bälle zu. Sie werden sehen, wie schnell Sie wieder im Thema sind. Sie waren sehr erfolgreich mit Ihren Berichterstattungen aus Krisengebieten und es kriselt ja wieder an den unterschiedlichsten Stellen. Was sagen Sie Herr Riebering, ist das ein Angebot? Haben sie Interesse?" Herr Peters warf sich in die Brust, als hätte er Thomas soeben das Leben gerettet.

Thomas schwieg. Er überlegte nicht, ob er den Job wollte, sondern eher, ob sie ihn eingeladen hatten, um ihn zu schikanieren. War es ihnen etwa ernst? Glaubten diese Hammel wirklich, er wäre auf ihr Angebot angewiesen? Dachten sie, ihm ginge es so schlecht, dass sie die Situation, in der er sich befand, einfach so ausschlachten konnten? Er überlegte, ob er sich erst Herrn Peters schnappen sollte, um ihm gehörig den Hintern zu versohlen oder ob er gleich wortlos gehen sollte.

„Nun kommen Sie schon, Herr Riebering, so ein Angebot werden Sie nach der Aktion im >WNS< nicht mehr bekommen, letzte Chance.", dabei grinste Herr Peters breit und dreckig.

Es fehlte nur der Karnevalstusch und die roten Clo>WNS<nasen. Tätä, dachte Thomas, dabei schob er seinen Stuhl ruckartig zurück und sprach so als würde er die Nachrichten verkünden: „Vielen Dank meine Damen und Herren. Sie haben nun lange genug meine wertvolle Zeit in Anspruch genommen. Ich denke, ich werde Ihr Angebot nicht annehmen. Ich wünsche Ihnen noch viel Erfolg und einen angenehmen Tag.", sein Blick wanderte durch die Runde bis hin zu Uwe, wie er dasaß, die Kinnlade heruntergeklappt, fast bis zur Tischkante. Mit Blick auf Herrn Peters bemerkte er, wie dieser kopfschüttelnd in seinem Stuhl schrumpfte.

Dann stand Thomas auf und verließ den Raum.

Durch sein Verhalten löste er im Besprechungssaal eine laute Diskussion aus. Thomas vernahm, bevor er in den Fahrstuhl stieg, wie Herr Peters Uwe in die Mangel nahm. Er hätte das wissen müssen. Er hätte ihn falsch eingeschätzt. Uwe verteidigte sich angeberisch: „Ganz ruhig Leute, der Riebering braucht den Job. Wartet ab, der kommt wieder!"

„Da könnt Ihr gerne warten, bis ihr Schimmel angesetzt habt. In diese verlogene Gesellschaft will ich auf keinen Fall zurück", sagte Thomas laut vor sich hin.

Um seine aufgestaute Wut über diese unverschämte Einladung abzubauen, zog er es vor, erst durch die Stadt zu laufen, bevor er wieder zu Sven fuhr.

Kapitel 23
Traumtänzer

Während die zwei die Tapeten einkleisterten, erzählte Thomas Sven von seinem Treffen im Sender.

„Was mache ich jetzt, meinst du, ich sollte mich noch einmal in der Redaktion, von wo aus meine Kariere begann, melden, mit Kurt dem Chef kam ich immer hervorragend aus?"

„Das würde ich lassen, Thomas. Auch wenn du bei allen namenhaften Sendern die heiß begehrteste Ware gewesen bist und auf allen Wunschzettel ganz oben gestanden hast.

Kurt war es, der mir die Nachricht von deiner Kündigung beim >WNS< überbracht hatte und es wirkte eher so, als seiest du erst einmal von seiner Wunschliste gestrichen. Warte ab und beobachte, was die Presse aus deiner Kündigung macht. Die haben alle Angst in den Dreck gezogen zu werden. Je weniger du von deinem Hintergrundwissen nach außen trägst, umso eher wirst du wieder durch Ansehen glänzen und somit für die Sender auch wieder attraktiv."

„Dass du so redest Sven, hätte ich nun nicht gedacht."

„Wie? Willst du etwa nicht zurück? Deine Arbeit ist dir doch wichtig und grundsätzlich hat sie dir mehr Spaß gemacht, als alles andere."

„Ja, das stimmt, im Moment kann ich mir nicht vorstellen, meine Arbeit unter den Bedingungen und unter den alten Voraussetzungen weiter auszuführen. Vielleicht gibt es ja eine Möglichkeit, meine bisherige Tätigkeit unter neuen Voraussetzungen anzugehen."

„Träum weiter, ich hab dich gar nicht für einen Traumtänzer gehalten, aber wenn du dir schon vorstellst in Latzhosen und Gummistiefeln auf einem Bauernhof zu leben, warum nicht?"

„Ach, es geht nicht um den Bauernhof, das könnte ich nicht. Urlaub machen wäre mal schön, aber ich weiß nicht einmal mehr, wie das geht. Aufenthalt in einem fernen Land war bislang immer verbunden mit einer neuen Reportage. Selbst wenn ich geplant hatte Urlaub zu machen, passierte etwas genau in dem Land und ich hing wieder in einer neuen Reportage fest."

„Also ich glaube, du solltest nicht allein verreisen, nimm deine Anna mit, ich glaube, das ist echt 'ne klasse Frau. Also versaue es nicht und fahrt in den Urlaub, wenn ihr zurückkommt, sieht vielleicht alles ganz anders aus. Neue Liebe, neues Glück, im wahrsten Sinne ein absoluter Neuanfang, das wäre doch toll."

„Ja und wer ist hier jetzt der Traumtänzer?", lächelte Thomas.

Sven kam auf Thomas zu und forderte ihn auf, mit ihm zu tanzen, wie die Herren es früher zu Kaiserzeiten noch mit den Fräuleins gemacht hatten.

„Was hast du vor?", fragte Thomas verdutzt.

„Traumtanzen?!"

Die zwei versuchten einen Foxtrott zu tanzen und merkten nicht, wie Karin am Türrahmen lehnte und sie mit amüsierter Miene, ihre Arme verschränkt auf ihrem Bauch ruhend, zuschaute. Als sie Karin erblickten, hielten sie augenblicklich inne und lachten.

„Erwischt", sagte Sven, „Liebling, was gibt es?"

„Andreas hat grad angerufen, ich wollte euch nicht stören. Er ist in Heidelberg und hat gefragt, ob du morgen Zeit hast, auf ein Essen am Mittag oder Abend?"

„Hat er gesagt, seit wann er da ist?"

„Ist wohl grad erst angekommen."

„Gut, ich rufe ihn zurück", antwortete Sven vergnügt und wendete sich wieder Thomas zu: „Sag mal Thomas, wie lange bleibst du, ich hab mir den Rest der Woche auch noch frei genommen?"

„Na, ich denke wir machen das Kinderzimmer fertig. Vorher fahre ich nicht. Ich befürchte Karin könnte selbst Hand anlegen, um ihr Nest fertigzubauen. Das wollen wir doch nicht. Die werdende Mama soll sich schonen."

„Cool, da freue ich mich. Möchtest du morgen Abend mit uns und unserem Freund Andreas zusammen essen gehen?" Karin hielt die Hände schützend hoch: „Ähm ich komme nicht mit. Fahrt ihr doch bitte alleine, ich möchte lieber hierbleiben und fernsehen. Zudem fühle ich mich fett, jetzt so kurz vor der Geburt, da muss ich nicht in der Stadt herumlaufen."

„Karin, du bist nicht fett, du hast ein Kind im Bauch und ich schätze mal sieben Pfund hat der Kleine jetzt schon", beruhigte Thomas sie.

„Okay Thomas, dein Wort in Gottes Ohr, dann kann ich ja darauf hoffen, schon bald nach der Entbindung wieder einigermaßen normal auszusehen."

Sven ging auf Karin zu, nahm sie in den Arm und küsste sie. „Meine Schöne", flüsterte er. Thomas dachte sofort an Anna und hatte plötzlich große Sehnsucht.

„Gut, dann ruf du deinen Freund zurück, ich versuch's mal bei meiner Anna", sagte er schnell und verschwand auf seinem Zimmer.

„Anna Liebes, wie geht es dir?", fragte Thomas.

„Thomas, ich hab schon sehnsüchtig auf deinen Anruf gewartet, wie war dein Gespräch?"

„Das erzähle ich dir ausführlich, wenn ich zurückkomme. Ich habe soeben die Tapezierarbeiten mit Sven beendet. Morgen wollen wir die Teddybärenborde anbringen. Das müsstest du sehen und bald Sven und Karin kennenlernen. Die zwei sind wirklich toll."

Anna wurde ein wenig neidisch, dass seine Freunde ihn so natürlich um sich haben durften. Wie gerne hätte sie ihn einfach bei sich, an ihrer Seite. Sie vermisste seine zärtlich blickenden Augen. Mit weicher Stimme fragte sie: „Wann kommst du zurück?"

„Samstag, vielleicht auch schon Freitag."

„Am Samstag hat Johanna Geburtstag, da sind wir alle bei ihr eingeladen, ich würde mich freuen, wenn du mich dorthin begleitest, dann kannst du all meine Freunde und auch Tante Jessica kennenlernen."

„Findest du die Idee gut, ich kenne doch deine Freunde noch gar nicht. Meinst du nicht, wir sollten erst mit einer kleineren Gruppe beginnen, zum Beispiel mit deiner besten Freundin Ulrike und ihrem Mann, wie heißt er noch gleich?", diese Frage stellte Thomas nicht ohne Grund, denn er hatte das Gefühl, bei Svens Freund Andreas könnte es sich um Ulrikes Mann handeln. Somit wollte er sich mit dieser Frage vergewissern, ob er auch wirklich Andreas hieß.

„Er heißt Andreas, aber das weißt du doch, er hat uns im letzten Oktober miteinander bekannt gemacht." Thomas spürte, wie nicht nur Annas Bitte, sie zu begleiten, in ihm Unbehagen und Schweißausbrüche hervorriefen. Insgeheim hoffte er, dass seine Ahnung, die er in Beziehung auf den Anrufer Andreas hegte, sich nicht bestätigen würde. Ansonsten müsste er sich etwas einfallen lassen, um nicht mit zum Essen zu fahren. Anna konnte er nicht sagen, dass er sie nicht zu Johannas Geburtstagsfeier begleiten wollte. Wie sollte er ihr auch erklären, dass er, ein erwachsener Mann, Angst hatte vor zu vielen Fragen und vor einem Zusammenbruch, wenn er in die Bredouille geriet.

Der Zeitpunkt war nicht gut, aber er sagte noch nicht ab. Er vertröstete Anna mit den Worten: „Anna, ich habe Sven versprochen ihm zu helfen, wenn wir eher fertig sind, dann komme ich mit, wenn es nicht klappt, dann nicht, bitte rechne nicht zu sehr mit meiner Teilnahme. Johanna wird's verkraften, sie kennt mich ja nicht."

„Nein", sagte Anna, „das stimmt, sie kennt dich nicht. Aber meine Freunde kennen mich und sie wissen auch, wie traurig ich werden kann, wenn ich sehe, dass alle, selbst Jessica, nicht allein dort sind. Aber dafür sind wir ja viel zu frisch zusammen, als dass ich erwarten könnte, dass du das verstehst. Vor allem wenn man bedenkt, was du gerade durchmachst."

Thomas hatte den leichten Unterton in ihre Stimme gehört. Er konnte sie sehr gut verstehen und wusste genau, was sie meinte. Dennoch wollte er jetzt nicht auf sie eingehen, es war zu früh, alle auf einmal kennenzulernen, befand er.

„Ok, wir werden sehen, ich beeile mich, in Ordnung?"

„Gut, ich muss jetzt wieder an die Arbeit, dann lass uns morgen Abend wieder telefonieren. Heute Abend bin ich bei Ulrike, Andreas musste verreisen, er ist auch in Heidelberg.", damit beendete Anna das Gespräch, ohne dass Thomas sich verabschieden konnte.

Thomas durchfuhr ein Schlag. Die Aussage von Anna, Andreas sei auch in Heidelberg machte ihn nun wieder nervös. Seine Ahnung, es könne sich bei Svens Freund genau um diesen Andreas handeln, wurde immer wahrscheinlicher. Er dachte nun wieder an das Essen in der Stadt mit Sven und Andreas. Sven kannte Ulrikes Andreas und auch Thomas kannte ihn. Im letzten Jahr im Oktober hatte Sven ihm Andreas vorgestellt und Andreas hatte ihn mit Ulrike und Anna bekannt gemacht. Jetzt hatte er die Szene mit Andreas vor seinem inneren Auge. Ein attraktiver Mann, groß, sportlich, schlank, mit markanten Gesichtszügen und dunklen Haaren. Da Thomas an dem Abend nur Augen für Anna hatte, konnte er sich nicht erinnern, ob ihm Andreas sympathisch war oder nicht.

Würde Andreas ihn wiedererkennen? Handelte es sich genau um diesen Andreas? Dann müsste Thomas Sven noch mehr von Anna erzählen. Sollte er vielleicht das gemeinsame Essen absagen? Er wollte sich nicht aus der Fassung bringen lassen, bevor er nicht genau wusste, ob es sich tatsächlich um den Andreas handelte. Wenn doch, dann würde ihm schon eine Lösung einfallen.

Hier bei Karin und Sven fühlte er sich wohl. Der Aufenthalt bei seinem Freund machte ihn so ungezwungen, er war beinahe wieder der Alte. Karin und Sven waren ihm so vertraut und erinnerten ihn daran, wie er einmal gewesen war und genau da wollte er für sich und für Anna wieder hin.

Kapitel 24
Davongekommen

Am nächsten Morgen musste Sven doch erst in sein Büro, es gab Probleme. Thomas half Karin bei der Hausarbeit. Ihr Bauch hinderte sie doch stark daran, alle anfallenden Arbeiten auszuführen. Thomas verstand auch, dass sie Sven nicht dauernd bitten konnte. So gab er sich ganz alltäglichen hausfraulichen Tätigkeiten hin, Wäsche aufhängen, Fensterputzen, staubsaugen und wischen. Karin hatte in der Zwischenzeit einen Schrank ausgeräumt. Den Inhalt verstaute sie in Kisten und stellte diese für den Abtransport, in die obere Etage, bereit. Die leeren Schränke wurden nun mit allerhand Babyzubehör bestückt, wie Nuckel, Fläschchen, Becher, Dosen und Dingen, denen Thomas weder eine Bedeutung noch einen Namen zuordnen konnte. Na, dachte er, Karin wird wissen, wozu sie das alles benötigt.

Sie stellte laufend Fragen, dabei ging es nur um Anna, aber auch ihr sagte er nicht mehr, als er sie wissen lassen wollte.

Am Nachmittag kam Sven zurück.

Die Renovierungsarbeiten kamen nur langsam voran. Während die frisch gekleisterte Borde trocknete, bauten die beiden Männer die Wickelkommode zusammen. Trotz Anleitung mussten sie diese nach dem ersten Aufbau wieder zerlegen und von vorne beginnen.

Sven rief auf einmal: „Mensch, es ist schon gleich sieben, ich habe den Tisch für 19:30 Uhr reserviert, das schaffen wir nicht. Ich rufe Andreas an und bitte ihn auf uns zu warten. Wir müssen die Pinsel noch auswaschen, uns noch von der Farbe befreien, das dauert eine Stunde, Mist!"

„Beruhige dich, wenn's dir nichts ausmacht, würde ich gerne hierbleiben. Ich habe schon euer ganzes Haus geputzt und Möbel gerückt. Ich bin platt, außerdem kann ich dann in aller Ruhe die Pinsel auswaschen. Du gehst jetzt duschen und kommst noch pünktlich zum Essen. Außerdem möchtet ihr bestimmt viel besprechen."

„Das würdest du machen? Hey, das mit dem Putzen hat Karin gar nicht erwähnt. Nicht, dass sie dich noch adoptieren möchte.", aus der Dusche rief er: „Übrigens den Andreas müsstest du auch kennen, den hab ich dir doch vorgestellt im Oktober, kannst du dich erinnern?"

„Kann sein", rief Thomas, „beeile dich lieber, sonst kommst du zu spät.", seine Stimme zitterte und er war erleichtert nicht mit in die Stadt fahren zu müssen.

Kapitel 25
Aufgeflogen

„Hallo Andreas, bitte entschuldige meine Verspätung, wir haben nicht auf die Uhr gesehen, wir renovieren gerade ein Zimmer", sagte Sven, während er Andreas mit einer kurzen Umarmung begrüßte.

„Gibt es einen Grund? Ihr habt doch erst vor zwei Jahren gebaut? Da müsst ihr jetzt schon wieder renovieren?", fragte Andreas überrascht.

„Es gibt einen Grund, klar! Einen sehr erfreulichen sogar, stell dir vor, ich werde Papa."

„Ha, da denke ich, ich hätte tolle Neuigkeiten zu berichten und dann kommst du mir zuvor. Wann ist es bei euch soweit?"

„Der Geburtstermin ist in zwei Monaten. Was wolltest du mir denn schönes berichten? Gibt's was Neues bei euch?"

„Stell dir vor, ich werde auch Papa, allerdings erst in sieben Monaten", erwiderte Andreas stolz

„Toll, da freue ich mich für euch. Es ist kaum vorstellbar, dass wir uns seit eurer Hochzeit nicht mehr gesehen haben. Seit du bei uns ausgestiegen bist, hat sich viel verändert, sei froh, dass du nicht mehr da bist. Wie läuft es bei euch, ihr macht ja allerhand lobende Schlagzeilen, >Die Wunderforscherin< mit ihren vielen Projekten. Wir wären in unserer Tätigkeit, als Unternehmensberater froh gewesen, wenn wir das alles hätten anschieben dürfen. Wahnsinn ist das. Gibt's neue Projekte in eurem Haus?"

Andreas erzählte von der Entwicklung der hauseigenen Kita und den Problemen, die damit zusammenhingen. Während er erzählte, fiel auch immer wieder der Name von Anna.

Nach einiger Zeit, als Andreas kurz die Toilette aufsuchte, kamen Sven die Bilder des Zusammentreffens im Oktober wieder in den Sinn und ihn beschlich ein Verdacht.

Anna Verderstett, die Mitbegründerin der Wunderforscherin, Ulrikes beste Freundin, war sie etwa die Neue von seinem besten Freund Thomas? Das wäre ja ein Zufall. Hatte Thomas vielleicht geahnt, wen er hier heute Abend treffen würde? Und aus dem Grund angeboten, die Pinsel auszuwaschen, um nicht mitkommen zu müssen. Warum hatte er noch nicht gesagt, was Anna beruflich machte? Hatte er es nur nicht erwähnt, weil es nicht so wichtig war oder hatte er es bewusst verschwiegen, wenn ja, warum verschwieg jemand so etwas?

Nachdem Andreas wieder am Tisch Platz nahm, berichtete Sven ihm von seiner Vermutung. Andreas konnte nicht glauben, dass Annas Thomas bei Sven zu Besuch war. Andreas hegte nun auch den Verdacht, dass Thomas der Begegnung bewusst aus dem Weg gegangen war. Nach einer kurzen männlichen Analyse kamen beide zu dem Entschluss, Thomas wäre wohl noch sehr unsicher und vielleicht ganz schön fertig von der vielen Arbeit in der Vergangenheit.

Sven erzählte von den alten Zeiten mit Thomas, seiner Art und wie sie sich kennengelernt hatten. Andreas musste sich eingestehen, dass ihm Thomas zunehmend sympathischer wurde. Schließlich würde er sich einen tollen Partner an Annas Seite wünschen, da er durch die Freundschaft zwischen Ulrike und Anna auch viel Kontakt zu ihm haben würde.

Sven glaubte, dass Thomas jetzt vor allem Freunde beziehungsweise Menschen um sich herum brauchte, die an ihn glaubten und ihn mental unterstützten, falls es zu einer öffentlichen Schlammschlacht seitens des alten Senders kommen würde.

„Annas Freund wird bei uns aufgenommen, wie alles, was mit ihr zu tun hat. Ulrike und Anna sind unzertrennlich. Ich dagegen kenne ihn kaum und kann mir kein Bild erlauben. Von den wenigen Auftritten im Fernsehen kann ich nicht sagen, dass ich ihn besonders mochte, aber nach all dem, was Anna und auch du jetzt schilderst, hat er sich für die Auftritte immer verstellen müssen. Er hat jetzt Mut bewiesen und das macht ihn auch irgendwie sympathisch", sagte Andreas.

„Wie lange bleibst du in Heidelberg?", fragte Sven.

„Ich hoffe, ich kann morgen Nachmittag oder Samstag früh zurück. Am Samstag sind wir auf einer Party eingeladen."

„Wenn du Zeit hast, würde ich dich bitten, auf einen Kaffee vorbeizukommen, bevor du fährst. Karin würde sich sehr freuen", bettelte Sven.

„Hm, und Thomas? Meinst du es ist gut, wenn ich ihm begegne?" Andreas schaute Sven dabei fragend an.

„Vielleicht freut er sich auch", meinte Sven.

„Na, der sollte lieber am Samstag mit Anna auf die Party gehen. Letzter Stand der Info zu diesem Thema war, dass Thomas nicht vorhat Anna dorthin zu begleiten und Anna ist darüber ziemlich traurig."

„Hat er denn einen Grund genannt?", fragte Sven.

„Ach keine Ahnung, so detailliert gibt Ulrike mir die Infos nun auch nicht weiter."

„Hm, vielleicht können wir es etwas anschieben", sagte Sven und schaute nachdenklich an die Decke.

„Was möchtest du denn anschieben?", fragte Andreas neugierig.

„Dass Thomas Anna zur Feier begleitet."

„Oh, du machst es spannend! Unter diesen Umständen werde ich selbstverständlich gerne auf einen Kaffee bei dir und Karin vorbeikommen. Meinst du, wir können Thomas direkt fragen, ob er mit Anna dorthin gehen will?"

„Bloß nicht, das müssen wir geschickter einfädeln. Stell dir das nicht so einfach vor, ich habe das Gefühl, das wird `ne harte Nuss!", sagte Sven mit erhobenem Zeigefinger.

„Wenn er nicht mitgeht, dann könnte es sein, dass er seine Chancen bei Anna verspielt, das kannst du ihm schon mal ausrichten!", gab Andreas ebenfalls mit erhobenem Zeigefinger zurück.

„So direkt sage ich das bestimmt nicht, dann weiß er, dass wir über ihn gesprochen haben! Nein nein, das geht gar nicht."

„Dann lenk das Gespräch dahin. Du bist doch klug und dann tust du so, als sei es deine Meinung und nicht Annas."

„Okay, aber du kommst morgen vorbei. Kannst du schon um vier Uhr bei uns sein?", fragte Sven.

„Ja, abgemacht, ich möchte mir auch das Haus ansehen, ich hab es ja nur vor eurem Einzug gesehen."

Kurz vor Mitternacht erhielt ich eine SMS von Andreas. Er bat mich ihn zurückzurufen, wenn ich noch wach wäre.

Am Telefon erzählte er mir dann von dem Treffen mit Sven, und dass Thomas auch bei ihm zu Besuch gewesen war, aber am Essen nicht teilgenommen hatte. Komischerweise bat er mich, Anna nicht zu erzählen, dass er mit Sven essen war. Ich hakte auch nicht nach und versprach ihm, nichts zu sagen, konnte allerdings nicht umhin kurz anzudeuten, dass ich gespannt war, was er ausheckte, dass er etwas plante, konnte ich durch den Hörer wittern.

Kapitel 26
Vorbereitungen

Sascha öffnete die Tür zur oberen Etage der Redaktion und rief:

> „Hey ihr lieben Leute,
> Freitag ist schon heute.
> Morgen feiert Johanna ihren Geburtstag,
> es darf kommen, wer mag.
> Es gibt zu trinken und zu essen,
> ihr solltet die Geschenke und gute Laune nicht vergessen.
> Ihr dürft spielen, lachen und singen,
> oder zu später Stunde das Tanzbein schwingen.
> Kommt nicht zu spät zu unserem Feste,
> dieses gilt für alle Gäste."

Dann huschte er an unseren Türen vorbei und fragte kurz: „Alles klar bei euch?"

„Ja, alles schön mein Gutster, komm mal her", sagte ich, nahm ihn in den Arm, „du bist so ein Schatz! Sag, benötigt ihr noch Hilfe?"

„Ne, eigentlich nicht. Ihr bringt alle einen Salat mit. Louis und Jessica sind schon bei uns. Die beiden wirbeln herum wie zwei Staubtücher. Da fällt mir ein, ihr könntet vielleicht doch helfen. Kommt doch heute um 18 Uhr kurz vorbei, dann können wir den Pavillon gemeinsam aufbauen. Ach übrigens, ich soll dir ausrichten, Andreas kommt erst morgen, wir haben soeben telefoniert. Was ist denn da bloß los mit Thomas und Anna und was heckt Andreas wieder aus?"

Ich legte den Finger auf meine Lippen.

„Pst, nicht so laut, Anna weiß nicht, dass Andreas sich mit Sven getroffen hat und die zwei über Thomas gesprochen haben. Warum weißt du eigentlich vor mir, dass mein Mann erst morgen heimkommt?"

„Warum? Das soll er dir selbst sagen. Er hat Gründe, Michael hat einen Kontakt hergestellt, sie treffen morgen einen sehr wohlhabenden Herrn, der ein soziales Projekt unterstützen möchte. Mehr verrate ich dir nicht."

„Wie, es gibt einen weiteren Geldgeber?", fragte ich überrascht. Sascha hob die Hände: „Ich sag nix und hab auch nix gesagt."

„Ist schon gut. Hast du die Rohentwürfe von unseren Einladungen für die Kita-Eröffnungsfeier schon gesehen?"

„Ja, sehr chic! Ab Montag wird das Projekt Eröffnungsfeier richtig angegangen. Jetzt ist erst meine Süße dran. Ich fahre um 13 Uhr nach Hause und helfe Johanna."

„Ist okay, grüß schön und dann kommen wir um 18 Uhr vorbei."

„Hey Anna, kommst du mit zu Tisch?", rief ich aus meinem Büro.

„Ja gerne, ich erreiche Thomas nicht. Er hat sein Handy ausgeschaltet. Ich finde das nicht gut. Er geht bestimmt nicht ran, weil er nicht den Mut aufbringt, mir zu sagen, dass er nicht mit zu Johanna kommt!"

„Das glaube ich nicht. Sicher ist er nur in einem Gespräch und meldet sich bald zurück. Du wirst sehen! Komm lass uns etwas Essen gehen!", beruhigte ich Anna. Bei mir dachte ich allerdings schon, dass Thomas sich vor der Geburtstagsparty bei Johanna drücken wolle.

Kapitel 27
Andreas ändert seine Sichtweise

Sven sah erst Thomas an, dann die Teddybärenbordüre. „Wir sind genial. Sieht das gut aus!? Vielleicht sollten wir uns als Renovierungsteam selbstständig machen?", prahlte Sven.

„Ne lass mal, das ist mir zu anstrengend, ich spüre all meine Muskeln, selbst dort, wo ich keine vermutet hätte", stöhnte Thomas.

„Es ist halb vier, lass uns aufräumen und dann duschen gehen."

Unter der Dusche vernahm Thomas das Geräusch der Türglocke. Er wollte sich eigentlich mit einer Jogginghose bekleiden, zog es aber vor Jeans und einen Pulli überzuziehen. Falls es sich an der Haustüre doch um einen spontanen Besucher handelte, wäre er wenigstens einigermaßen salonfähig gekleidet. Er stand oben an der Treppe und lauschte. Es handelte sich tatsächlich um einen oder mehrere Besucher.

„Erzähl, wie geht es dir?", hörte er Karin fragen, dann wurde die Küchentür geschlossen. Thomas überlegte, ob er einfach hinuntergehen sollte.

Dann erschrak er, Sven klopfte ihm auf die Schulter. „Na worauf wartest du?"

„Ich glaube, da ist Besuch gekommen, ich wollte nicht stören."

„Witzbold, du gehörst doch mit zur Familie, also los, komm wir schauen einmal, wer da ist?"

Sven öffnete die Küchentür, gefolgt von Thomas traten sie ein. Der Besucher saß mit dem Rücken zu Thomas. Sven erkannte ihn auch so. „Hallo Andreas, Mensch, das ist ja eine Überraschung und ich finde es klasse, dass du noch einmal vorbeischaust."

Andreas stand auf, drehte sich um und ging auf Sven zu: „Ja, ich habe mir gedacht, ich kann nicht einfach so nach Heidelberg kommen, ohne deine liebe Frau zu begrüßen. Außerdem wollte ich euer Haus auch gerne einmal eingerichtet sehen. Ist echt toll geworden, ich bin beeindruckt.", er zwinkerte Sven zu.

Dann ging Andreas auf Thomas zu, er tat so, als hätte er keine Ahnung gehabt, dass Thomas zu Besuch bei Sven war. „Herr Riebering, Sie sind es, das ist ja ein Zufall, dass wir zwei Frankfurter uns ausgerechnet hier begegnen. Ich erinnere mich soeben an unser Treffen im letzten Jahr. Im Oktober war es, glaube ich. Da hat Sven uns miteinander bekannt gemacht, haben Sie dort damals auch Anna schon kennengelernt?"

Thomas stand da und wusste überhaupt nicht, wie er mit der Situation umgehen sollte. Im Leben hätte er nicht damit gerechnet, Andreas hier bei seinem Freund zu begegnen. Auch wenn sie sich kannten, waren sie wohl nicht so gut befreundet, wie er und Sven es waren.

Aber bevor er etwas auf die vielen Fragen antworten konnte, rief Karin aufgeregt dazwischen: „Wie jetzt Thomas, du bist mit der Anna, ich meine Anna Verderstett zusammen? Ich glaube das nicht! Hammer! Und das verschweigst du uns so einfach. Ich lese alles über die beiden und bin echt ein Fan und du sagst mir nix."

Sven lenkte ein und sagte: „Lass ihn mal Karin, ich denke Thomas hat seine Gründe, außerdem gab es da Wichtigeres zu besprechen."

Im selben Atemzug sagte er: „Komm Andreas, ich zeige dir den Rest des Hauses.", an Karin und Thomas gewandt: „Wir sind gleich wieder da.", dabei schaute er die beiden so an, als wolle er sagen, *klärt das inzwischen und wenn ich zurück bin, will ich keine Diskussion mehr, verstanden!*

Karin und Thomas hatten seine Blicke richtig gedeutet. Mit einer Erklärung im Schnelldurchlauf versuchte Thomas die Situation und damit seine Haut zu retten.

Karin war ihm nicht wirklich böse, viel zu sehr erhoffte sie sich jetzt auch einmal die Redaktion kennenzulernen, da nun zwei Freunde von Sven, jeder mit einer der Damen zusammen war. Zu Ulrike hatte sie noch keinen engeren Kontakt. Auf die Hochzeit der beiden waren sie nur gefahren, weil sie Andreas gut kannten. Wegen der Entfernung, dem Umbau und der vielen Geschäfts-termine von Sven fehlte ihnen die Zeit, neue Freundschaften zu pflegen.

Thomas merkte schnell, wie wichtig Karin ein Treffen mit Ulrike und Anna war und versprach ihr, er würde Karin und Sven zu sich einladen, sobald er sich etwas gefangen hatte. Gerne würde er auch mit Anna vorbeikommen, wenn Karin ihr Kind zur Welt gebracht hatte, versprach er.

Karin war beruhigt, als Sven mit Andreas von der Hausbesichtigung zurückkam. Der Kaffee wurde auf der Terrasse serviert, Karin hatte sogar einen Kuchen gebacken.

Sie schwiegen während sie aßen, dann ergriff Andreas das Wort. Er hatte Thomas beobachtet und musste zugeben, dass er viel entspannter und auch erholter aussah, als bei seinem letzten Fernsehauftritt im Interview mit Anna. Er wirkte sehr sympathisch auf Andreas, hier umgeben von seinen Freunden. Wenn Sven ihn bei sich aufnahm, mit ihm das Kinderzimmer vorbereitete, dann konnte er kein schlechter Kerl sein. Sven hatte sich damals beschwert, dass Thomas sich verändert hätte, angepasst sei und nur noch seinen Beruf voranstellte. Mit diesen Äußerungen von Sven über Thomas hatte Andreas sich ein eigenes Bild von ihm gemacht, aus dem Grund vermied er es, Ulrike und Anna von dem zu berichten, was er über Thomas gehört hatte. Er bildete sich damals ernsthaft ein, Thomas besser zu kennen, als die beiden Frauen vorgaben ihn zu kennen. Jetzt schämte er sich für seine arrogante Sichtweise, seine Einstellung zu Thomas an so einer Aussage von Sven festzumachen. Sven und Thomas verstanden sich hervorragend, keine Spur von nachtragenden Gedanken. Andreas dachte ,gib dir einen Ruck Andreas und betrachte ihn mit anderen Augen! Als Karin stolz berichtete, dass Thomas ihr beim Hausputz geholfen hatte, war Andreas komplett überzeugt, dass Thomas in jeder Hinsicht eine Chance und seine Unterstützung verdient hatte.

Dann fragte Andreas endlich: „Sag mal, oh entschuldige, sagen Sie mal Herr Riebering…“

„Ne, lass mal, mir wäre es lieb, wenn wir uns duzen würden, zumal unsere Frauen ja die besten Freundinnen sind“, unterbrach Thomas Andreas.

„Und ihr auch denselben Freund habt“, beschwerte sich Sven.

„Ja, auch darum. Also ich bin Thomas.“

„Fein Thomas. Und ich bin Andreas.“

„Ach, sag bloß! Sehr erfreut!“, rief Thomas scherzhaft aus.

„Also Thomas, morgen hat Johanna Geburtstag, möchtest du nicht mitkommen? Dann lernst du die anderen auch kennen. Die sind echt alle ganz locker.“

„Ich bin mit der Bahn hier und habe noch kein Ticket, ich kann so früh nicht weg, das Zimmer ist noch nicht ganz fertig. Wir müssen die Wiege und noch einen Schrank aufbauen..."

„Hey hey", unterbrach ihn Sven, „das ist schon okay und bevor die Kette von Ausreden noch länger wird, lass dir sagen, das Zimmer kann ich auch alleine fertigstellen. Anna zu begleiten hat wohl oberste Priorität. Warum willst du nicht mit ihr dorthin?"

Thomas zögerte, dann gab er offen und ehrlich seine Gründe zu.

Zum ersten Mal erwähnte er und wunderte sich über sich selbst, weil Andreas ein völlig Fremder für ihn war, dass er Angst hatte, der Lage nicht gewachsen zu sein, wenn zu viel Neues auf einmal auf ihn zukam. Das konnten Andreas und Sven verstehen. Karin allerdings nicht und meinte:

„Wenn du da nicht mitgehst, solltest du eher Angst haben, dass du dir das mit deiner Anna gehörig versaust. Merkst du nicht, wie wichtig ihr die Freunde sind. Und schau dir Andreas an, der ist okay, glaubst du allen Ernstes, wenn sie nur halb so nett sind wie er, dass du in die Bredouille geraten könntest. Ihr geht auf eine Party, nicht zu einer Preisverleihung. Aber bitte, macht ihr drei was ihr wollt!"

Nach einer kurzen Pause, mit Blick ins Leere, richtete sie diesen wieder auf Thomas. Mit erhobenem Zeigefinger sagte sie zu ihm: „Du ausgenommen, du machst mal hübsch, was Mama dir sagt, du gehst hin! Verstanden? So, jetzt möchte ich noch ein wenig Babysachen räumen", beendete Karin kurzatmig das Gespräch und schob ihren Bauch aus dem Wohnzimmer.

Thomas war noch nicht überzeugt, hilfesuchende Blicke zu Sven verrieten seine Gedanken *‚bitte gewährt mir noch länger Asyl, wenn ich mich entscheide nicht hinzugehen.*

Svens Blicke waren deutlich, *vergiss es*!

Andreas bot sich an, dass er Thomas im Wagen mitnehmen könnte und er würde ihn auch abholen, allerdings müsste Thomas dann spätestens um 12 Uhr abholbereit sein.

Thomas versprach darüber nachzudenken und Andreas rechtzeitig zu benachrichtigen. Sie tauschten die Handynummern aus.

Thomas wollte nicht mit Anna telefonieren. Er schrieb ihr eine kurze Nachricht:

„Ich vermisse dich und ich will dich."

Dann schaltete er sein Handy aus.

Anna schrieb eine lange SMS zurück, die ihn leider nicht mehr erreichte.

Als Anna nach einer Stunde keine Antwort erhielt, fasste sie einen Entschluss.

Mittlerweile hatte sie ihre Zelte bei Ulrike abgebrochen, um wieder in ihrem eigenen Bett schlafen zu können. Allerdings verbrachte sie die ganze Nacht an ihrem Schreibtisch und trank Kaffee, um sich wachzuhalten. Sie hatte gute Ideen, die sie unbedingt festhalten wollte.

Um vier Uhr morgens wurde ihr Kopf so schwer und sie nickte immer wieder ein. Sie kroch unter ihre Bettdecke und schlief bis elf Uhr.

Thomas saß am Frühstückstisch, ihm gegenüber Karin, neben ihm Sven. Keiner sagte etwas, alle warteten. Karins Blick war nun etwas ernster, dann fragte sie endlich. „Nun Thomas, was gedenkst du zu tun?"

Thomas blickte in die wartenden Gesichter und sagte verzweifelt: „Was? Ich weiß es nicht Mensch! Aber wenn ich deinen Blick richtig deute, dann packe ich lieber meine Sachen, denn egal wie ich mich entscheide, hier bleiben darf ich wohl nicht."

„Du bist hier immer herzlich willkommen, aber im Moment glaube ich, brauchst du einen Tritt in deinen Allerwertesten, damit du mit Andreas in Richtung Heimat fährst. Vielleicht fällt dir unterwegs ein, was richtig ist, wenn du mir schon nicht glaubst, obwohl ich eine Frau bin und sehr wohl weiß, was Anna jetzt braucht."

„Ach ja und wer weiß, was ich brauche und was nicht?", schimpfte Thomas.

Erschrocken erwiderte Karin: „Man, sei doch nicht gleich sauer!"

Thomas stand auf, ging hinauf und packte seine Sachen. Sven folgte ihm und setzte sich auf sein Bett.

„Thomas denk doch mal nach, was kannst du verlieren, wenn du mitgehst?"

„Mein Gesicht, wenn ich zusammenbreche."

„Dann geh zum Arzt und lass dich einweisen."

„So schlimm ist es dann auch wieder nicht. Ich brauche nur Abstand von allem", flehte Thomas ihn an.

„Ach, Abstand vom Leben, von deinen Freunden? Das hattest du wohl lange genug und wenn es nicht so schlimm ist und du keinen Arzt brauchst, dann rufe ich jetzt Andreas an oder machst du es selbst?"

„Ruf du ihn an! Er kann mich abholen, wenn er mag!", gab Thomas kleinlaut zurück.

Sven verließ den Raum. Thomas schaute auf sein Handy, es war noch ausgeschaltet, schnell schaltete er es ein. Dann las er die Nachricht von Anna.

Lieber Thomas,

ich bin traurig, dass du nicht verstehst, wie wichtig mir das Zusammentreffen mit dir und meinen Freunden morgen ist. Ich muss mir wohl eingestehen, dass es dir schlechter geht, als ich dachte.

Ich glaube zu wissen, was dich belastet.

Natürlich ist es blöd, wenn man ohne Job dasteht, grad, wenn jemand so sehr in der Öffentlichkeit gestanden hat wie du. Du glaubst vielleicht an Größe zu verlieren, nur weil du zurzeit keinen Job hast. Du glaubst, nie mehr in der Branche Fuß fassen zu können.

Du hast mehr Größe gezeigt, als manch ein anderer und schon allein aus dem Grund denke ich, dass du wieder auf die Füße fällst.

Du solltest wissen, Ulrike und ich, wir haben keine Angst, du könntest uns, falls du in die Negativschlagzeilen gerätst, mit hineinziehen. Selbst wenn dem so sein sollte, wir haben uns entschieden hinter dir zu stehen, egal was die Presse daraus macht.

Ich habe mich so sehr in dich verliebt, ich sehne mich nach dir, ich möchte jeden Tag in deine Augen schauen, dich zum Lachen bringen. Bitte, komm doch zurück, dann kommst du eben nicht mit zu Johanna, aber ich möchte am Abend gerne zu dir kommen und in deinem Arm einschlafen. Und mit dir in unsere Zukunft träumen, wenn wir morgens bei Kaffee und Croissant am Tisch sitzen. Tausend Küsse!

Deine Anna

Tränen liefen über seine Wangen. Anna war stark und hart auf der einen Seite, auf der anderen war sie weich und süß. Er sah sie vor sich, wie sie mit ihrer geblümten Schlafanzughose dastand und wie sie auf dem Parkplatz vor der Bäckerei wütend in die Pfütze trat, weil sie der Schal so nervte. Er vermisste sie und schrieb ihr schnell zurück.

„Gut, dann komme heute Abend zu mir, ich bin dann zu Hause. Zu mehr bin ich nicht in der Lage, bitte verzeih, du fehlst mir auch."

Dass er Andreas begegnet war verschwieg er, er hoffte auch Anna wusste noch nichts davon. Dabei dachte er: Obwohl, wenn Andreas es Ulrike erzählt hätte, dann wüsste sie es bestimmt schon. Hatte Andreas noch nichts gesagt? Wenn es so war, warum sollte Andreas Ulrike die Begegnung mit ihm verschweigen?

Kapitel 28
Dickhäuter

„Guten Morgen mein Schatz, hast du gut geschlafen?", trillerte Andreas freudig ins Telefon.

„Gut, ja, aber du fehlst mir. Wann kommst du denn heim? Wie ist es gelaufen, hast du einen weiteren Sponsor gefunden?", fragte ich ihn, voller Erwartung.

„Das erzähle ich euch heute Abend. Ich habe alles gepackt und fahre um zwölf Uhr los. Ich freue mich so sehr darauf, dich wieder in meine Arme nehmen zu können. Mir kommt es vor, als hätte ich dich ewig nicht gesehen. Ist Anna eigentlich noch da?"

„Nein, sie hat gestern schon wieder in ihrer Wohnung geschlafen. Es geht ihr nicht gut. Wir haben gerade telefoniert."

„Hat Johanna wenigstens alle Vorbereitungen für heute Abend erledigen können?", fragte Andreas.

„Ja, sie konnte sich zurücklehnen, Jessica und Louis haben alles vorbereitet. Wir haben gestern Abend zusammen den Pavillon aufgestellt. Ich fahre jetzt in die Redaktion. Jessica macht Salate und Louis ist mit Sascha unterwegs."

„Okay mein Schatz, ich hoffe, ich komme gut durch."

„Das hoffe ich auch, bis später, gute Fahrt. Denk daran, wir sind schon um vier Uhr bei Johanna."

Als Andreas bei Sven und Karin vorfuhr, stand Thomas bereits mit gepacktem Koffer abholbereit.

„Hey, du hast es ja eilig Thomas", sagte Andreas und warf ihm den Autoschlüssel zu. „Hier fang und verstaue dein Gepäck im Kofferraum. Ich möchte mich noch kurz verabschieden."

Thomas hatte mit dem Schlüsselwurf nicht gerechnet und somit prallte dieser an seinem Koffer ab und fiel zu Boden.

„Daneben!", sagte er lachend, hob den Schlüssel auf und verstaute seinen Koffer.

Oh, Thomas hat gute Laune, dachte Andreas und verschwand im Haus. Nachdem er sich verabschiedet hatte, winkten Karin und Sven den Abreisenden noch hinterher, bis das Auto hinter einer Biegung verschwunden war.

„Dann wollen wir einmal hoffen, dass die Straßen frei sind. Hast du gut geschlafen Thomas?"

„Es geht so. Und du?"

„Ich habe prächtig geschlafen. Möchtest du Radio hören oder soll ich eine CD einlegen?"

„Radio ist okay."

Andreas hatte gehofft, dass Thomas etwas gesprächiger wäre. Da er so knapp antwortete, ging er davon aus, Thomas habe keinerlei Interesse an einer Unterhaltung, also ließ er ihn in Ruhe und konzentrierte sich auf die Fahrbahn.

Nachdem Andreas die Auffahrt auf die A6 am Autobahnkreuz Mannheim nahm und sich einordnete, um die Spur zu wechseln, ertönten Sirenen von Feuerwehr- und Rettungsfahrzeugen, mit zusätzlichem Blaulicht verschafften sie sich den nötigen Platz in der Mitte der Autobahn. In wenigen Minuten staute sich der Verkehr.

„Du hast das Radio zu spät eingeschaltet", grinste Thomas schadenfroh. Es schien, als begrüßte er die Tatsache, jetzt in einem Stau festzustecken.

„Mein Navi zeigt noch nichts an, vielleicht ist der Unfall gerade erst passiert."

„Ach, und wo kommen dann die Einsatzfahrzeuge so schnell her?", fragte ihn Thomas.

„Woher soll ich denn wissen, wie die ihre Nachrichten transportieren und miteinander kommunizieren. Vielleicht setzen sie hier erst die Buschtrommeln und dann das Radio ein", scherzte Andreas.

Aus dem Radio kam in diesem Moment die neue Verkehrsinfo. Ein Unfall hatte sich ereignet, in den mehrere Fahrzeuge verwickelt waren.

Durch Rettungs- und Räumungsarbeiten käme es zu Verzögerungen, der Verkehr staute sich bis zum Autobahnkreuz und war mittlerweile sechs Kilometer lang.

„Oh fein, wir sind am Schwanzende des Staus, was machen wir denn jetzt?", fragte Thomas.

„Däumchen drehen und aus den Buchstaben der Kennzeichen Sätze bilden, das haben wir in der Kindheit auf Ausflügen oft so gemacht, das war lustig. Wir könnten auch ein paar Lieder singen."

„Sing du mal, dann weiß ich schon, was ich mache."

„Was denn?"

„Ohren zuhalten", lachte Thomas, „oder aussteigen."

Er wird lockerer, dachte Andreas, zudem bemerkte er, dass Thomas' Humor ganz nach seinem Geschmack war. „Hat Karin dein Frühstücksei mit einem Clown verwechselt?", fragte Andreas neckisch.

„Ja, war lecker, echt!", konterte Thomas.

Ein Hubschrauber kreiste über der Autobahn.

„Das kann dauern", sagte Thomas, mit Blick aus der Windschutzscheibe, „hoffentlich können alle gerettet werden.", in seinem Stimme lag echte Anteilnahme.

„Sag mal Thomas, hoffst du insgeheim, dass wir die Nacht auf der Autobahn verbringen müssen, damit du einen triftigeren Grund vorweisen kannst, nicht mit zur Party zu kommen?"

„Ist mein Grund nicht triftig genug?", erwiderte Thomas, erwähnte aber nicht, dass er Anna bereits geschrieben hatte, nicht mit auf die Party zu gehen und sich erst im Anschluss mit ihr zu treffen.

„Hm, ich weiß nicht, welchen Grund du meinst?", hakte Andreas nach.

„Dass ich nicht mit allen Freunden von Anna gleichzeitig konfrontiert werden möchte."

„Das ist ein Grund und der reicht auch aus, so finde ich.", einen leicht ironischen Unterton konnte Andreas nicht vermeiden, auch wenn er vorhatte, Thomas vorzugaukeln, er sei absolut auf seiner Seite, um sein Vertrauen zu erlangen.

Grundsätzlich hatte Thomas auch recht. Aber in Bezug auf Anna, und all dem, was die zwei schon in der kurzen Zeit erlebt hatten, wäre das ein guter Start für beide. Aber gut, dachte Andreas, dies scheint eine lange Fahrt zu werden, warum sollte ich jetzt untätig herumsitzen, dann kann ich auch einmal etwas für Anna tun.

Ich machte mir allmählich Sorgen, wo Andreas blieb und rief ihn an. „Wo bleibst du denn? Gerade kam in den Nachrichten, dass sich ein schwerer Unfall auf der A6 ereignet hat, ich hatte schon Sorge, du könntest darin verwickelt sein. Jetzt bin ich beruhigt und nehme an, du steckst in dem superlangen Stau."

„Ulrike mein Schatz. Ja leider, ich kann auch nicht sagen, wann es hier weitergeht."

„Es ist gleich halb zwei, ich wollte dir nur sagen, Jessica und Louis nehmen mich schon mit zu Johanna, wir helfen ihr noch ein bisschen. Also bin ich weg, wenn du kommst. Anna hole ich um vier mit Louis ab, sonst kommt sie vielleicht nicht. Sie ist ganz traurig, die Arme."

„Ulrike, sie würde kommen, egal wie es ihr ginge, das würde sie Johanna niemals antun."

„Stimmt auch wieder, dann hoffe ich, deine Fahrt geht weiter, sollte sich wider Erwarten herausstellen, dass du die Nacht auf der Autobahn verbringen musst, dann rufe mich noch mal an, damit ich dir eine gute Nacht wünschen kann."

„Ha ha, Tschüss, ich finde schon heim, keine Sorge, aber danke für dein Mitgefühl", sagte er gespielt beleidigt.

Thomas lauschte dem Gespräch, es war ja auch nicht zu überhören, da Andreas die Freisprechanlage eingeschaltet hatte.

Anna ist traurig, dachte er und war sich nicht mehr sicher, wo vor er eigentlich noch Angst hatte. Waren es wirklich die vielen Leute? Jetzt nach der Zeit bei Sven hatte er eigentlich wieder Lust auf ein Miteinander, Sven und Karin waren ihm ja auch vertraut. Heute Abend kannte er nur Anna und ein wenig auch Andreas. Seine Gedanken kreisten um die Frage, was war richtig und was war falsch. Er schwieg und hing seinen Gedanken nach, bis durch die Mitte der Autobahn vier Abschleppwagen hintereinander an ihnen vorbeidonnerten. Der Hubschrauber kreiste über ihnen und die Sirenen der Rettungsfahrzeuge waren auch wieder zu hören.

„Sie mal an. Ich glaube, sie räumen die Straße und die Verletzten werden auch abtransportiert", sagte Thomas erleichtert.

„Die Aktion hat ja auch lange genug gedauert, ich bin einmal gespannt, wann es jetzt weitergeht", sagte Andreas ebenfalls sichtlich erleichtert.

Nach einer halben Stunde kam der Verkehr durch Stop-and-go langsam wieder ins Rollen. Eine weitere halbe Stunde dauerte es dann noch, bis sie wieder freie Fahrt hatten.

„Demnächst bitte rechts abfahren", ertönte die monotone Hinweisstimme aus dem Navigationsgerät.

„Demnächst", lachte Thomas, „wenn ich meine Mutter mal fragte, wann kommt ihr wieder zu Besuch, dann antwortete sie, demnächst. Und dieses demnächst war meist drei Monate später. Jetzt sag deiner Ulrike, du biegst demnächst ab. Sie wird auch denken, deine Fahrt würde noch Tage dauern. Oder meinst du nicht?" Andreas lachte und stellte sich Ulrikes Gesicht vor, wenn er ihr das sagen würde.

„Ich finde die Verkehrsansage, Achtung! Auf der Höhe von Dreieck XY laufen Tiere auf der Fahrbahn so lustig", sagte Andreas. „Es macht sicher einen großen Unterschied, ob es sich bei den Tieren um Ameisen oder Elefanten handelt. Ein Unterschied, der unter Umständen schwerwiegende Folgen haben könnte."

Thomas musste lachen. „Da magst du recht haben, die Ameise kratzt du nur von der Windschutzscheibe ab. Bei einem Zusammenstoß mit einem Elefanten schaut hinten der Rüssel raus, vorn der Schwanz und an seinem Kopf hat er wohl möglich nur eine Beule und bittet, man solle ihn rauslassen und das Stahlkostüm entfernen."

„Dapf fimpfste wohl wipfig pfas!", grinste Andreas und hielt sich dabei die Nase zu, damit seine Stimme nasal klang.

Andreas musste sich immer wieder zusammenreißen, sich die Augen wischen, damit er die Abfahrten nicht verpasste, so hatten die zwei gelacht. Das war die lustigste Autofahrt seit langem, stellte er amüsiert fest. Mittlerweile hatten sie dreimal in einem Stau gestanden.

Es war bereits vier Uhr, als sie in Frankfurt ankamen. Um halb fünf konnte Andreas bei Johanna sein. Heim wollte er nicht mehr, aber er musste Thomas noch nach Hause bringen.

Kapitel 29
Überraschung

Bei Johanna angekommen, trugen wir Kuchen, Kaffee und Tee auf. Wir nahmen am langen Gartentisch Platz und stellten vorsichtshalber ein Gedeck für Andreas mit auf. Obwohl meine Hoffnung langsam versiegte, dass er es noch bis zum Kaffee schaffen könnte.

Louis erwähnte, dass es auf der gesamten Strecke von Heidelberg nach Frankfurt mehrere Staumeldungen gegeben hatte.

„Da braucht man für eine Strecke, die sonst eine knappe Stunde dauert, mehr als drei Stunden", schmollte Johanna, „und das an meinem Geburtstag."

Am Nachmittag waren nur die engsten Freunde geladen. Gegen Abend wollten ein paar Arbeitskollegen aus der Redaktion hinzukommen.

Den Pavillon hatten wir an einer Seite geschlossen, falls es später doch noch kälter werden sollte. Jetzt war es noch warm und wir hielten uns ohne Jacken im Freien auf.

Die Kinder spielten im Garten. Sascha erhob sich von seinem Platz und begrüßte die Gäste. Ganz typisch für ihn, natürlich mit einem Reim:

„Geladen hatten wir euch, liebe Gäste,
zu diesem schönen Geburtstagsfeste.
Wie in jedem Jahr,
sind auch all die Lieben da.
Hey Ulrike, da fehlt was neben dir,
ist der Andreas noch nicht hier.
Na ja, er kommt vielleicht noch rein,
wenn nicht, muss er halt alleine sein."

Alle lachten, den Zusatz hatte er aus dem Stegreif schnell dazu gepackt. Talent muss man haben, dachte ich. Dann fuhr er mit seiner Rede fort.

„Lasst uns feiern, unsere Liebe Johanna heut,
schaut nur, wie sie sich über euch freut.
Ob schwanger, alt oder jung,
ihr habt alle so viel Schwung.
Da wäre es doch gelacht,
feierten wir nicht bis in die Nacht.
Nun lasset uns schnell die Tassen heben,
Johanna dreimal hoch sollst du leben."

Wie an jedem Geburtstag, den wir feierten, konnte jeder einen Beitrag zum Rückblick auf das letzte Jahr des jeweiligen Geburtstagskindes leisten. Dies konnte in Form einer Anekdote sein oder einer Frage, die mit, wer weiß noch, es war an einem Sonntag Mitte Mai im vergangenen Jahr, begann. Eine Antwort geben, durfte nur der, der sich an die vergangene Situation erinnern konnte. Manchmal schilderten hier auch zwei Personen aus unterschiedlicher Sichtweise die Geschichte.

Auf meinem Geburtstag im letzten Jahr gab es eine Geschichte über mich, die von Sascha sehr ernst und glaubwürdig erzählt wurde. Ich hatte Sascha gleich durchschaut und wusste, was er vorhatte. Alle saßen gespannt da, mit offenen Mündern, als er die Geschichte beendete, fragte er:

„War diese Geschichte echt oder handelt es sich bei dieser Geschichte etwa um eine Ente?"

Alle hatten sich gewünscht, die Geschichte wäre echt, aber sie war eine Ente.

Dieses Mal konnte Sascha uns nicht reinlegen, wir würden schon beim kleinsten Anflug des Unmöglichen, hellhörig werden, das hatten wir uns alle geschworen.

Saschas Handy klingelte. Wir hörten nur, wie er „okay" und „alles klar" sagte, und „hm, hm, mache ich, ja gut, bis dann."

„Wer war das?", fragte ich.

Johanna schaute Sascha auch fragend an: „Komischer Anruf, du hast ja nichts gesagt, wer war das?"

„Niemand, ich meine schon jemand, aber das ist nicht wichtig, jetzt zumindest nicht. Lasst uns essen, wer mag Erdbeerkuchen, wer Apfel, wer Käsesahne? Dann her mit euren Tellern."

Die Teller klapperten und schon war der Anruf vergessen.

Anna begann mit einer Anekdote aus dem letzten Lebensjahr von Johanna. Sie konnte sich gut daran erinnern und hielt sich die Hände vor das Gesicht.

„Uh Anna, hör auf, das war so peinlich."

Wir lachten über die Geschichte. Jessica kannte sie noch nicht und fragte zum Schluss, „war das jetzt echt oder eine Ente?", daraufhin schüttelten wir uns vor Lachen und hielten uns die Bäuche.

Sascha stand auf, alle schauten ihn an und dachten, Vorsicht, was jetzt wohl kommt?

„Also", begann er, „ich berichte hier nicht über die Vergangenheit, ich schaue jetzt in die Zukunft und erzähle euch eine Geschichte.

Es trug sich zu, dass ein Mann, ich nenne ihn mal Manni, zu Besuch bei einem früheren Kollegen war. Hier machte er die Bekanntschaft eines anderen Mannes, wir nennen ihn mal Manno. Dieser, also Manno, hatte zufällig die gleiche Rückreiseroute wie der Manni. Somit traten sie ihre Rückreise gemeinsam im Auto von Manni an. Sie gerieten mehrmals in einen Stau. Während der Fahrt haben sie sich unterhalten, gelacht und haben sich ein wenig besser kennengelernt. In der Heimat warteten Freunde ungeduldig auf Manni, weil sie ihn auf der Feier schon seit einer Stunde erwarteten. Manno war zwar namentlich bekannt, aber jeder glaubte, dass er nicht kommen würde."

Sascha machte eine Pause.

Anna hielt ihre Hände an ihr Kinn, als wolle sie sagen, das darf doch nicht wahr sein, sie ahnte etwas und jetzt hatte Sascha eine Hoffnung in ihr und allen Anwesenden geweckt, die die Spannung seiner Erzählung noch heraufschraubte, keiner sagte etwas.

Sascha vernahm das Vibrieren seines Handys. Das war das vereinbarte Zeichen. Dann sprach er weiter.

„Die zwei verstanden sich so gut, dass Manno kurz entschlossen eine Entscheidung fällte."

In diesem Moment fuhr ein Auto vor.

„Andreas ist da!", rief Johanna dazwischen.

Anna wurde blass. Jessica sprang auf, Johanna ging schweigend an die Haustür.

„Hallo Andreas!", hörten wir Johanna sagen, „da bist du ja endlich. Komm herein!"

Anna wartete darauf, dass Johanna eine weitere Person begrüßte, doch die Haustür wurde geschlossen, ohne eine weitere Begrüßung. Traurig sah sie Sascha an, „keine gute Geschichte, für ein Echt- oder Ente-Spielchen, Manno!"

„Eine Ente?", fragte Jessica und stand auf, um nach-zusehen, ob Andreas wirklich allein gekommen war.

Was Anna nicht wusste war, dass Andreas beim Eintreten ins Haus gleich seinen Finger auf seine Lippen legte und Johanna mit seiner Geste erklärte, sie möge Thomas bitte noch nicht begrüßen.

Anna saß da, mit den Händen vor dem Gesicht. Enttäuscht von ihren Freunden, ihr so eine Geschichte aufzutischen. Sie fühlte sich veräppelt, selbst als Aprilscherz wäre Sascha damit durchgefallen.

Sie überlegte, ob sie gleich aufstehen und gehen sollte. Ich legte meinen Arm um sie. Als ich gerade anfangen wollte, Sascha für seinen schlechten Scherz zu maßregeln, erschien Thomas neben Andreas auf der Terrasse. Ich schubste Anna an und sagte: „Na, da sieh mal einer an, habt ihr es tatsächlich noch geschafft?" Anna blickte auf, jetzt standen alle da und staunten.

Sie sprang auf und rief: „Thomas, du bist da! Oh man, wie schön!" Sie ging auf ihn zu und umarmte ihn. Er erwiderte ihre Umarmung.

Ich ging zu Andreas. „Wie konntest du das nur geheim halten? Ich muss dich loben, dass hast du gut hinbekommen. Erzählst du mir die Geschichte nachher bis ins kleinste Detail?"

„Ja, versprochen!"

Thomas nahm den Platz neben Anna ein. Bereits nach kurzer Zeit fühlte er sich so wohl, als wäre er schon immer dabei gewesen.

Andreas berichtete von den Bankterminen, von seinem Treffen mit einem Golffreund von Michael, vom Abendessen mit Michael und Frank. Und zu guter Letzt auch von seinem Besuch bei Karin und Sven.

Wir erzählten, dass die Kita bereits bezugsfertig sei und wir die Kartenentwürfe für die Einladungsfeier schon vorliegen hatten. Johanna zeigte zwei Entwürfe herum. Wir stimmten gleich ab und entschieden uns für den Entwurf, der allen am besten gefiel.

Die Feier sollte in zwei Wochen stattfinden. Johanna fragte, warum wir sie nicht schon in einer Woche machen würden.

Die Frage von ihr war eine perfekte Überleitung zu Johannas Geschenk.

Auf ein Zeichen von mir standen alle auf und ich sagte: „Liebe Johanna, weil du in den nächsten zwölf Tagen nicht da bist. Und du unbedingt dabei sein musst."

Jessica verschwand mit Anna in der Küche, sie kamen mit einer großen Pinnwand zurück, auf der viele Bilder angeheftet waren. Bilder von Sonnenuntergängen, wunderschön gedeckten Tischen im Freien, Bilder, die über den Wolken aufgenommen waren, das Bild eines Paares, welches Hand in Hand an einem Strand spazieren ging. Eine Finca mit Pool und ein Bild von einem Himmelbett mit wehenden weißen Gardinen. Aufnahmen von Weinbergen, alten verlassenen Gemäuern, engen schmalen Gassen, die auf bunte belebte Marktplätze zuliefen.

Dazu hatten Anna, Jessica und ich einen kleinen Vers gereimt. Die Zeilen lasen wir abwechselnd vor.

Liebe Johanna,
viel Leid und viel Schönes hast du schon erlebt,
hast schon zwischen Himmel und Erde geschwebt.
Um deine Lieben hast du dich gesorgt,
deinen Freunden immer ein Ohr geborgt.
Mit Sascha hast du neu begonnen,
mit uns ein paar neue Freunde gewonnen.
So viel hast du schon für uns getan,
jetzt liebe Johanna bist du mal dran.
Auch der Sascha kann jetzt davon profitieren,
ohne viel zu investieren.
Ihr müsst uns nur ein wenig vertrauen,
einfach mal auf Freunde bauen.
Packt gleich morgen eure Sachen,

wir werden den Rest schon machen.
Am Montag gleich um sieben,
könnt ihr zwei nach Frankreich fliegen.
Dort steht eine Finca für euch bereit,
die euch vom Alltag ganz befreit.
Euren Kindern wird es an nichts fehlen,
wenn doch, schicken wir sie stehlen.
Spaß beiseite, ihr sucht das Weite, wir bleiben hier,
die Kinder kommen so lang zu Andreas und zu mir.
Für die Zwerge werden wir liebevoll sorgen,
in der Nacht, am Abend und am Morgen.
Also freut euch und fliegt davon,
alles Liebe wünschen Dir, deine Freunde aus der
Redaktion.

Johanna sprang vor Freude auf und umarmte jeden Einzelnen, sie jubelte. Sascha hatten wir endlich einmal sprachlos gemacht. Johanna konnte nicht glauben, dass Sascha nicht eingeweiht war und wir das so lange geheim halten konnten.

„Wir wollten auch Sascha einmal überraschen."

„Das ist euch gelungen und mit dem Gedicht habt ihr mir Konkurrenz gemacht", gab Sascha freudig zu.

Die Kinder waren auch die ganze Zeit still und hatten Johanna nichts verraten. Lisa fragte jetzt: „Mama, gefällt dir das Geschenk?"

„Wie jetzt! Ihr wisst das auch schon?!"

„Klar, wir mussten doch damit einverstanden sein. Wir freuen uns schon auf die Ferien bei Ulrike und Andreas."

„Wird dir das nicht zu viel mit den Kindern, jetzt wo du schwanger bist?", fragte Johanna doch etwas skeptisch.

„Wir sind ja auch noch da", mischte sich Jessica ein. „Ich bin auch noch da", meldete auch Anna sich. Thomas sah Anna an und sagte leise zu ihr: „Wir, Liebes, wir sind da", lauter fügte er hinzu, „vielleicht gehen wir einmal mit euch in den Zoo, was meint ihr?"

Penny strahlte: „Oh fein, dann können wir Efanten beobachten Urike."

„Ja", sagte Andreas, „Elefanten, die mit dem Rüssel hinten aus einem Auto schauen."

Thomas musste spontan lachen, Andreas auch. Alle sahen sich fragend an. Penny schüttelte den Kopf: „Soche Efanten habe ich noch nie heseht, du denn?" Thomas sagte lachend: „Nein Penny, die hab ich nicht gesehen. Ich habe Quatsch gemacht.", an die anderen gewandt sagte er: „Entschuldigt, den könnt ihr nicht verstehen, ist ein Insider."

Andreas hielt sich die Nase zu, stellte mit dem anderen Arm einen Rüssel dar und sprach mit nasaler Stimme: „Pfinste wohl wipfsig, wapf?" Penny schaute Andreas an und schüttelte den Kopf, wir hielten uns die Bäuche vor Lachen.

Kapitel 30
Gute Nachricht! Schlechte Nachricht!

Die Zeit verging wie im Fluge. Johanna und Sascha waren genau zehn Tage fort gewesen. Als Anna und ich die zwei vom Flughafen abholten, warteten die anderen bereits bei uns. Wir hatten einen Grill aufgebaut und wollten Sascha und Johanna mit einer kleinen Begrüßungsfeier überraschen. Sie waren ebenfalls überrascht, als wir vom Flughafen direkt zu uns fuhren.

„Habt ihr die Kinder vergessen?", fragte Johanna besorgt.

„Genau, die müssen wir noch holen", antwortete Anna schnell.

Die Wiedersehensfreude war groß. Johanna weinte, als sie ihre Zwerge wiedersah. „Ihr seid ja gewachsen." Penny sprang auf ihren Arm und ließ sie nicht mehr los. Lisa und Mimi nahmen Sascha gleich in Beschlag. Sie wollten ihm zeigen, was sie in der Zeit mit Andreas gebaut hatten. Sven war vom Meerschweinchenstall begeistert. Die Meerschweinchen bekamen sie in dieser Woche zur Belohnung von Andreas und mir, weil sie die Zeit ohne Johanna und Sascha so gut überstanden hatten.

Im Radio brachten sie gerade die Nachrichten. Seit Andreas das Radio eingeschaltet hatte, um die Verkehrsnachrichten zu hören, dudelte es unbemerkt im Hintergrund.

Lisa kam etwas verstört zu mir und sagte: „Ulrike, meinst du, der Mann hat seine Kinder wirklich mit einem Hammer erschlagen!"

„Was sagst du da Lisa, welcher Mann denn?", ich schaute mich um, weil ich total geschockt war, wo Lisa diese Information aufgefangen haben könnte.

„Na, der Mann, über den sie im Radio sprechen", sagte sie mit zittriger Stimme.

Ich ging zum Radio und schaltete es aus. Wir redeten uns raus und logen Lisa an, indem wir versuchten die Nachricht etwas abzuschwächen. Wir sagten ihr, es sei noch nicht sicher, wer das getan hätte und irgendein Reporter hatte da wohl etwas falsch weitergegeben. Wir versicherten ihr, dass das ganz bestimmt nicht der Vater gewesen sei.

„Aber die Nachrichten sind doch echt, oder? Da kommt doch immer, was so passiert?", fragte sie ungläubig.

„Ja schon", sagte Thomas, „aber vieles sieht erst schlimm aus und nachher ist es gar nicht so schlimm."

„Das ist ja blöd, dann sollen sie doch warten, bis sie es genau wissen. So bekommt man ja Angst.", danach zischte Lisa ab in den Garten und spielte weiter.

Dies war wieder ein Beweis für mich, dass es nicht gut war, wenn das Radio ständig im Hintergrund lief. Somit löste diese Situation eine heftige Diskussion unter uns aus. Wir ärgerten uns, warum der Jugendschutz ständig da anwesend war und den mahnenden Finger hob, wo Alkohol, Zigaretten und andere Drogen im Spiel waren, aber über die Ausstrahlungszeiten und den Inhalt der Nachrichten machte sich niemand Gedanken. Zu jeder halben Stunde kamen Nachrichten aus aller Welt, mit zum Teil sehr schrecklichen Informationen. Die so, wie wir es soeben hautnah erleben durften, nichts für Kinderohren waren. Wie viele Kinder regelmäßig die Nachrichten hörten, wussten wir nicht. Aber wir wussten schon, dass jeder Erwachsene, der sich zu Hause aufhielt, das Radio laufen ließ, während alltägliche Arbeiten verrichtet wurden. Auch schalten Eltern bei der

Autofahrt das Radio einfach ein, ohne auch nur einmal darüber nachzudenken, wie diese Informationen auf ihre Kinder wirkten, war besorgniserregend.

In den letzten Jahren stieg die Zahl der Familiendramen, die meist tödlich endeten. Dann die berühmten Nachsätze wie, *der Vater war unauffällig! In der Nachbarschaft war er als hilfsbereiter Mann bekannt!* Was bitteschön sollte ein Kind, welches hinten im Auto seiner Eltern saß, dabei denken. Könnte es sein, dass es Angst bekommt vor dem eigenen Vater, weil ja auch er ganz normal und auch hilfsbereit ist. Oder glaubte es vielleicht auch, am Verhalten eines Vaters ihrer Freundin etwas bemerkt zu haben.

Waren diese Informationen so toll und wichtig, dass sie es wert waren, zu jeder halben Stunde ausgestrahlt zu werden, um sich somit bei jedem Menschen Gehör zu verschaffen und damit Gefahr zu laufen, dass diese Nachrichten Ohren erreichten, die damit nicht umgehen konnten.

Wo ihr Lieben war hier der Kinder- beziehungsweise der Jugendschutz?

Wir kamen zu dem Entschluss, es müsste eine sichere Zone geben, in der die Erwachsenen die Nachrichten abrufen könnten. Vor der Ausstrahlung der Nachrichten müsste der Hinweis kommen, dass diese Informationen für Menschen unter achtzehn Jahren nicht geeignet sind. Wie es beim Abspann vor Filmen auch gehandhabt wurde.

Johanna meinte, es wäre wohl einfacher, wenn die Nachrichten, die eben nicht für Kinderohren bestimmt wären, nur zweimal am Tag ausgestrahlt würden und wer sie hören wollte, müsste sich dann eben vergewissern, dass kein Kind in der Nähe war.

Zum Beispiel morgens um sechs, am Abend um acht oder um neun.

Hier musste etwas unternommen werden, da waren wir uns, trotz vorherigen abweichenden Meinungen, einig.

Die Nachrichten wurden dahingedonnert, danach war jeder allein damit, man erfährt manchmal nicht einmal, warum hatte da jemand seine Angehörigen getötet. Ausschließlich Vermutungen wurden breitgetreten.

Wie die Vermutung, Geldsorgen könnten der Grund für die Tat gewesen sein. Wie ginge es wohl einem Kind, dessen Vater arbeitslos geworden war. Auf der Suche nach eventuellen Gründen für solche Taten, wird selten in Erwägung gezogen, dass vielleicht der Verlust der Realität daran schuld war. Und hierbei wird nicht beachtet, wie viele neue Suchtformen es gab, die ausschließlich am PC befriedigt wurden, wie das Spielen von Games, in denen es ausschließlich um Gewalt, Sex, meist untermalt von einer enormen Brutalität ging. Kaum einer konnte sich vorstellen, dass diese Menschen verzweifelt waren, weil sie ihre Sucht nicht mehr stoppen konnten. Oder diese Menschen waren so weit in ihrer Sucht gefangen, dass sie den Weg zurück in ein reales Leben nicht mehr fanden. Wir waren uns sicher, dass der Verlust der Realität unter Umständen eher zu so einer Tat führte als Geldsorgen, denn die hatten die Menschen in der Vergangenheit auch.

Anna sagte, um auch einmal die andere Seite zu beleuchten: „Stellt euch vor, wir würden nur gute Nachrichten bringen, die Radios blieben doch aus."

„Ja, weil die Menschen so geil drauf sind, zu hören, wo wieder etwas passiert ist", antwortete Johanna.

„Nein, nicht nur, es geht ja auch um Aufklärung. Aufklärung ist auch wichtig", warf Thomas ein.

„Ja unbedingt, aber bitte zu angebrachten Tageszeiten. Wenn es schon den Kinderschutz gibt und wir alle möglichen Regeln und Auflagen beachten müssen, wie bei unserer Kitaplanung, sollte das alles auch Beachtung in den Medien finden. Zigaretten darf man einem Kind nicht verkaufen, Alkohol auch nicht, aber die Tageszeitung und vor allem die mit den dicksten Schriften und ekligsten Bildern auf der ersten Seite, stehen überall. Kinder und Jugendliche haben Zugriff auf all dies", meldete sich Jessica zu Wort.

Sascha erhob sich von seinem Platz, atmete tief ein und wieder aus, er hatte die ganze Zeit geschwiegen. Dann stützte er seine Hände in den Hüften auf und sagte energisch: „Schluss jetzt mit der Diskussion! Meine lieben Mädels, könnt ihr euch an euer Motto erinnern? Nicht meckern und warten bis ein neues Zeitalter heranbricht! Selbst aufstehen und ein neues Zeitalter schaffen! Ihr habt es schon einmal geschafft, schafft etwas Neues!"

„Und wie soll das gehen? Wie stellst du dir das vor?", fragte ich erstaunt.

Anna empörte sich: „Wir haben wahrlich genug um die Ohren und verändert haben wir auch genug. Da können jetzt mal andere etwas unternehmen, meinst du nicht?"

Sascha zog die Schultern hoch. „Ich meine ja nur. Dann gebt es ab an andere und wartet bis sich da etwas tut, so in zehn Jahren. Ulrike, dann ist dein Würmchen genau im richtigen Alter. Bis dahin hat es schon so viel Blödsinn durch die Medien mitbekommen und das süße kleine Menschenhirn ist mit Infos gefüttert, die ihm in der Nacht vielleicht Angst bereiten."

„Gut du Supermann, RobinWunderHood, wenn du so redest, dann hast du doch sicher schon eine Idee, die dir durch den Kopf spukt?", fragte ich ihn fordernd und sah ihn aus zusammengekniffenen Augen an.

„Nein, ihr seid die Ideenkisten. Ich weiß nur, einer muss den Anfang machen und ganz nebenbei erwähnt", er ging langsam um den Tisch herum und blieb hinter Thomas stehen, legte seine Hände auf seine Schultern und sprach weiter, „könntet ihr einen eigenen Sender ins Leben rufen, den Starmoderator habt ihr doch schon!"

Alle schauten Sascha an, so als hätte er soeben vorausschauend die Lottozahlen der nächsten Ziehung bekannt gegeben.

„Glotzt doch nicht so, was habt ihr erwartet von einem RobinWunderHood, der Retter kleiner Kinderohren und Ritter für mutige Reporter."

Wir applaudierten, dann erhob Anna sich von ihrem Platz, beschämt schaute sie auf den Tisch und begann: „Ihr werdet es nicht glauben und Sascha glaube mir, ich habe mir keinen Einblick in deine Gedanken verschafft, aber ich habe bereits ein Konzept für einen eigenen Sender entwickelt."

„Wann hast du das gemacht", fragte Thomas erstaunt.

„In einer Nacht, als ich nicht schlafen konnte. Ich hatte Angst, du könntest in Heidelberg einen Job finden. Da habe ich mir gedacht, wie schön es wäre, wenn du bei mir, ich meine natürlich bei uns, in der Redaktion einen Platz bekommen würdest und deinen eigenen Sender hättest. Obwohl, über die späteren Themen habe ich mir dabei noch keine Gedanken gemacht, eher mehr zu der Organisation und den Kosten."

„Du bist genial Anna und du auch Sascha!", lachte ich.

„Ja!", sagte Sascha, „und damit wir alle schön genial bleiben", dabei klatschte er in die Hände, als wollte er Hühner scheuchen, „fahren wir jetzt schön nach Hause und schlafen uns aus.

Es gibt viel zu tun in den nächsten Tagen und auf der Einweihungsfeier der Kita werden wir dann der Presse stolz mitteilen, dass wir in Kürze auch einen eigenen kleinen Sender haben werden, der allen Sichtwaisen zu einer neuen Sichtweise verhilft.

Epilog
Sichtwaise

Am Eröffnungstag konnte ich schon um fünf Uhr nicht mehr schlafen.

Bei dem Gedanken an den heutigen Tag, hatte ich das Gefühl, die Aufregung würde mein Blut in den Adern zum Kochen bringen.

Als ich in die Küche tapste, leuchtete mein Handy auf, wer will denn so früh am Morgen etwas von mir? Dachte ich nur.

In Anbetracht des besonderen Tages verzichtete ich auf mein Ritual und las, bevor ich frühstückte, meine Nachrichten.

Die erste Nachricht war von Johanna: „Bist du zufällig schon wach?" Die zweite Nachricht hatte ich von Anna erhalten. „Schläfst du noch?"

Okay, dachte ich ‚drei Frauen, die vor Aufregung nicht mehr schlafen konnten, sollten jetzt telefonieren.

So richtete ich eine Konferenzschaltung per Telefon mit Anna und Johanna ein.

„Guten Morgen ihr zwei, warum seid ihr schon wach?"

„Ha, guten Morgen Ulrike. Bestimmt aus demselben Grund, wie du", antwortete Anna sofort.

„Ja, ich bin aufgeregt. Ihr auch?"

„Ja", sagten beide gleichzeitig.

„Meint ihr nicht, wir sollten noch eher in der Redaktion sein?", fragte Anna.

„Das würde ich auch begrüßen", sagte Johanna erleichtert. „Ich könnte eure Hilfe bei meinem Make-up gebrauchen. Zudem wollen meine Haare auch nicht so wie ich will, also wann holt ihr mich ab?"

„Was zieht ihr denn heute an, das Wetter scheint ja auf unserer Seite zu sein. Meint ihr, wir sollten uns farblich ein wenig abstimmen?", fragte ich.

„Es ist schon komisch, jetzt hatten wir zwei Wochen Zeit und erst heute machen wir uns darüber Gedanken.", mit der Bemerkung hatte Anna vollkommen recht.

„Ja, das ist komisch, wir sollten uns dennoch abstimmen, schließlich kommen wir ins Fernsehen", erwiderte ich.

Nachdem wir kurz vereinbart hatten, welche Farben wir tragen wollten, wurde ich nervöser und sagte: „Okay, was denkt ihr, die Männer können ja nachkommen, aber ich wäre gerne um acht Uhr in der Redaktion. Ich komme bei euch vorbei. Anna, ich hole dich zuerst ab und dann kommen wir zu dir Johanna und helfen dir bei deinem Make-up."

Ich legte auf, als ich mich umdrehte erschien Jessica in der Tür.

„Guten Morgen Ulrike, was machst du denn schon so früh hier unten?"

„Tante Jessica, guten Morgen!" Ich ging auf sie zu und nahm sie in den Arm. „Ich bin so aufgeregt und es ist schön, dass du hier bist. Trinkst du einen Kaffee mit mir?"

„Ja, gerne."

„Dann setze dich vor das große Fenster, ich bringe dir einen."

Wir saßen einen Moment schweigend nebeneinander und nahmen einen Schluck von unserem Kaffee. Jetzt, da Jessica in meiner Nähe war, legte sich meine Aufregung ein wenig.

„Johanna und Anna sind auch schon wach, wir haben soeben telefoniert und verabredet, dass wir um acht in der Redaktion sein wollen. Ich bin dann um sieben weg und sammele die beiden vorher ein."

„So früh brauchst du aber nicht los, die Strecke schaffst du heute auch in einer Viertelstunde", meinte Jessica.

„Doch, so wie ich Johanna kenne benötigt sie noch einen Tipp bei der Wahl ihres Lippenstiftes und ihrer Frisur."

„Dann macht ihr das mal, ich denke, je eher ihr euch in den Räumen aufhaltet, umso besser."

Dann nahm Jessica meine Hand, sah mir tief in die Augen und sagte: „Weißt du eigentlich, wie stolz ich auf dich bin. Ich kann es nicht in Worte fassen. All das, was ihr auf die Beine stellt und gestellt habt, ist unglaublich. Ich bewundere auch eure Verbindungen, wie ihr im Freundeskreis alle miteinander umgeht ist einfach fantastisch und es macht mir Spaß euch zu beobachten. Ihr verbreitet so viel Freude in eurem Umfeld.

Den meisten Menschen fehlen diese Verbindungen und viele davon sind nicht einmal in der Lage solche aufzubauen, geschweige denn, diese zu halten. Ihr habt großes Glück!"

„Dessen bin ich mir bewusst und ich sehe jeden Tag, wie wichtig sie mir sind. Du kannst dir nicht vorstellen, wie oft ich gen Himmel schaue und mich für meine Freunde, meine Ideen bedanke und natürlich auch dafür, dass es dich gibt, meine liebe Tante."

„Das ist lieb mein Engelchen, so nun geh und mache dich zurecht für den großen Tag. Ich bereite das Frühstück, du musst etwas essen, sonst hältst du den Tag nicht durch."

Anna, Johanna und ich öffneten feierlich die große Glastür zu der neuen Aula, die jetzt Vorraum für alle unsere Büros und ab heute auch der Vorraum der Kita war. Die Aula war perfekt geschmückt, die Deko strahlte im Tageslicht.

Geradeaus vor uns war eine Bühne aufgebaut, auf der wir drei um neun Uhr unsere Rede für alle unsere Mitarbeiter halten würden. Um elf Uhr kamen dann unsere engsten Freunde und geladenen Gäste aus der Politik.

Wir konnten es nicht lassen, die Verantwortlichen der Stadt und den Bürgermeister einzuladen, um ihnen zu zeigen, dass wir unser Kita-Projekt auch ohne ihre Unterstützung umgesetzt hatten. Wir waren sehr gespannt, ob sie auch kamen. Um zwölf Uhr hatten wir einen Interviewtermin mit einem Fernsehsender.

Daran nahmen auch alle unsere Mitarbeiter teil. Das Interview sollte auf der Bühne stattfinden. Anschließend durften die Herrschaften der Presse uns mit ihren Fragen löchern.

Gegen vierzehn Uhr sollte der Öffentlichkeitszauber dann vorbei sein, damit wir mit unseren Freunden und Mitarbeitern unseren Erfolg feiern konnten.

Eine Band war für die musikalische Begleitung am Abend vorgesehen, um die Besucher in Schwung zu bringen. Im Hof und in der Turnhalle hatten wir für den ganzen Tag ein Programm für unsere kleinen Gäste vorbereitet.

Vor der Bühne standen weiß eingedeckte Stehtische, jeder bestückt mit einem bunten Blumenstrauß.

An der rechten Außenwand waren für das Catering lange Tische ebenfalls in weiß gedeckt. Zur Begrüßung war ein Sektempfang geplant, um elf Uhr sollten kleine Happen gereicht werden, dazu Kaffee, Tee und Kakao. Am Nachmittag würde es Kuchen geben, bevor am Abend das große Buffet eröffnet werden sollte.

Wir drei standen da und sahen uns um.

„Nicht heulen!", sagte Johanna und biss sich auf die Lippen. Wir hielten uns an den Händen und bildeten einen Kreis.

„Uhu", hauchte ich, „denkt an euer Make-up, wenn wir jetzt weinen, ist alles hin."

Anna sah uns an und sprach: „Wisst ihr, manchmal denke ich, ob unsere Ideen wohl erschöpft sind, Neues zu erschaffen, oder neue Möglichkeiten zu finden, die Dinge, die schon da sind zu verbessern."

„Es sind ja nicht wirklich ganz neue Möglichkeiten, letztendlich haben wir das, was schon da war einfach nur erweitert", ergänzte Johanna. „Unsere Ideen sind entstanden, weil wir Lösungen brauchten. Die Not macht erfinderisch. Wir brauchten doch dringend die Kitaplätze."

„Jetzt hast du schon wieder jemanden vor dem Ertrinken gerettet und damit schon eine neue Idee, ja sogar ein Konzept dazu geschrieben, wer weiß, was daraus wird?", äußerte ich mich anerkennend dazu.

„Ja, ich weiß zwar noch nicht, wie das aussehen könnte, aber so einen eigenen Radiosender hier in der Redaktion zu haben, das würde ich mir wünschen.

Allerdings kann der neue Sender nicht den Namen >Die Wunderforscherin< tragen. Da benötigen wir schon einen neuen.

Wenn Thomas da mitmacht, dann braucht er sein eigenes Ding. Allerdings sollten die Themen schon zu unserer Zeitung passen."

„Wann wollt ihr die Sache denn angehen?", fragte Johanna.

„Erst einmal sollte Thomas einen gesunden Abstand von den letzten Ereignissen bekommen. Zudem wäre es auch nicht gut, von einer Tätigkeit in die nächste zu wechseln. Ihm fehlt nur eine eigene Idee, die er einbringen kann. Wie und mit welchen Themen er in Zukunft weitermachen möchte wird sich zeigen."

„Vielleicht solltest du gleich Urlaub machen und einfach drei Wochen mit ihm verreisen?", schlug Johanna vor.

Mit gequälter Miene gestand Anna: „Ich hätte euch auch heute gefragt, ob das möglich ist, wir möchten in der nächsten Woche schon los."

„Weißt du bereits wohin die Reise geht?", fragte ich neugierig.

„Nein, wir haben eine Idee, müssen aber die Route noch festlegen."

„Dann bleibt es ja spannend."

Hinter uns klopfte jemand an die Glastür. Wir drehten uns um, da standen Sascha, Andreas, Thomas, Jessica und Louis, Frau Matthies und die Zwerge.

Bevor wir die Tür öffneten, nahmen wir uns noch einmal herzlich in die Arme und wünschten uns eine erfolgreiche Eröffnungsfeier.

Als die Presse die Möglichkeit hatte uns mit ihren Fragen zu bombardieren, wurden immer wieder Fragen zu Thomas' Zukunftsplänen gestellt. Die Reporter spekulierten, wie seine Zukunft im Zusammenhang mit der Redaktion >Die Wunderforscherin< aussehen könnte. Anna und ich überhörten diese Äußerungen bewusst, aber wie die Zecken hakten die Reporter immer wieder nach. Ein Sprecher war so dreist und ging mit dem Mikrofon direkt auf Thomas zu.

„Herr Riebering, wenn die Damen nicht antworten, dann haben sie vielleicht die Güte, uns diese Fragen zu beantworten."

Augenblicklich entstand ein Tumult und nun richteten auch alle anderen Pressesprecher ihre Mikrofone auf Thomas.

Er winkte ab und ging energisch auf die Bühne, stellte sich zwischen Anna und mich. Dann sprach er mit ruhiger Stimme zu den Presseleuten.

„Meine lieben Damen und Herren, ich weiß, Sie alle müssen Ihrer Arbeit nachgehen, um die Quote nach oben zu jagen. Dennoch kann ich es nicht gutheißen, dass Sie diese Eröffnungsfeier zum Anlass nehmen, um mir Zukunftsfragen zu stellen. Sie stehlen hier einer wichtigen und vorbildlichen Institution, über die es sich zu berichten wirklich lohnt, die Show. Richten Sie Ihren neugierigen Vorgesetzen bitte aus, wenn es so weit ist und ich jemals einen eigenen Sender ins Leben rufen sollte, dann werden Sie es genauso schnell erfahren, wie Sie von meinem Verlassen im >WNS< erfahren haben. Und jetzt möchte ich Sie bitten, Frau Verderstett und Frau Benedikt wichtigere Dinge zu fragen. Sie haben noch zehn Minuten. Danke."

Unter donnerndem Applaus verließ Thomas die Bühne.

Als wir bei Kaffee und Kuchen zusammen an einem Stehtisch standen und Thomas auf die Entwicklung eines neuen Senders ansprachen, erklärte er:

„Wenn es euch nichts ausmacht, würde ich jetzt erst einmal gerne mit Anna für drei Wochen verreisen. Danach werden wir sehen, was wir gemeinsam neu aufbauen können und wie ich meinen Beitrag dazu leisten kann. Eines ist schon einmal sicher, ich könnte mir kein besseres Team für eine Zusammenarbeit vorstellen.

Ich bin auch nicht abgeneigt einen eigenen Radiosender ins Leben zu rufen. Auch vor dem positiven

Hintergrund, die Sichtweise der Nachrichten aus einem anderen Blickwinkel zu bewerten und entsprechend weiterzugeben.

Dennoch wird es nicht möglich sein, alles positiv darzustellen und schön zu verpacken oder zu formulieren. Ich finde eure Absicht, Kinder vor Nachrichten zu schützen, genial, aber das können nur die Gesetzgeber ändern.

Das ist nicht Aufgabe eines Radiosenders. Mir schwebt da etwas anderes vor."

An Anna gerichtet fragte er: „Könntest du dein Konzept auch umschreiben?"

„Ja, natürlich, ich muss nur wissen, was du möchtest."

„Ich möchte nicht fest in einem Büro an einen Stuhl gefesselt sitzen. Ich möchte Kontakt zu meinen Hörern aufbauen. Nur so kann ich helfen, dass sie die Nachrichten richtig verstehen. Ich möchte hören, was sie bewegt. Indem ich mir die unterschiedlichen Sichtweisen der Menschen anhöre und wir anschließend öffentlich darüber diskutieren, können wir vielleicht auch etwas verbessern."

„Wie stellst du dir das vor, willst du mit einem Mikrofon über Stadt und Land reisen?", fragte Sascha neugierig.

„So ähnlich, aber das wäre wohl zu primitiv. Ich würde einen Ü-Wagen bevorzugen, von dem aus ich direkt live übertragen kann. Was meint ihr?"

„Tolle Idee", sagte Andreas. Wir applaudierten zu diesem Vorschlag. „Wie willst du deinen Ü–Wagen denn nennen?"

>*Die Sicht W Aise*<

allein mit einer Ansicht unterwegs auf der Suche nach einer neuen Realität", sagte Thomas voller Stolz.

„Warum wählst du den Namen die Sichtwaise?", fragte Andreas.

Fast andächtig richtete Thomas jetzt seinen Blick nach oben an die Decke der Aula, dann sprach er ruhig weiter:

„Wie oft halten wir an einer Sicht auf bestimmte Dinge fest. Wir versuchen sie nicht zu ändern und verwaisen unter Umständen so ganz allein mit und in unserer Denk- und Sichtweise.

Wenn wir Glück haben, geschehen Dinge in unserem Leben, die einem eine neue Sichtweise abverlangen, um unter Umständen auch wieder zueinander zu finden." Mit diesen Worten umarmte er Anna und küsste sie.

Berührt von seiner Sichtweise blickten wir Thomas sekundenlang an.

Wir wussten, dass jeder von uns in den letzten Monaten mindestens einmal auch als Sichtwaise den Blickwinkel ändern musste.

Vor allem aber wussten wir, dass Thomas als Sichtwaise den Weg in eine neue Realität und dadurch neue Freunde gefunden hatte.

Ende

Die SichtWAise ist, als Fortsetzung des

Romans >*Die Wunderforscherin*<, dennoch ein Werk, welches ohne >*Die Wunderforscherin*< gelesen zu haben, sehr wohl auf eigenen Beinen stehen kann.

2015 hat Martina Bohr diesen Roman erstmalig veröffentlicht. Nun hat Sie >*Die Wunderforscherin*< und >*Die Sichtwaise*< neu überarbeitet und wieder für die Öffentlichkeit bereitgestellt.

Dem interessierten Leser werden nach einem kurzen Rückblick in die zeit >*Die Wunderforscherin*< weitere spannende, emotionale berührende und facettenreiche Details aus Annas und Ulrikes Leben, geboten.

Auch dieses Buch ist wieder mit viel Gefühl niedergeschrieben. Sowie >*Die Wunderforscherin*<, die mit jeder Zeile mehr das Herz berührt, so beschreibt dieses Buch wie es ist, wenn man sein Leben in die Hand nimmt, ein Hamsterrad verlassen muss, um eine neue Sichtweise zu bekommen. Wieder werden viele Themen angesprochen, die in die heutige Zeit passen, ja sogar gehören.

Die Autorin versteht es die besonderen Charaktere authentisch und in ihrer ganzen Vielschichtigkeit darzustellen, so dass der Leser sich in die Protagonisten hineinfühlen kann. Das moderne Leben, mit all seinen Anforderungen beruflich wie emotional, wird hier spürbar und ist vielen Lesern sicher bekannt. Am Ende steht eine neue Herausforderung im Raum.

Eine neue Idee wird geboren.

Freundschaftlichkeit, Menschlichkeit und Eigenengagement sind Eigenschaften der Romanfiguren, die durchaus zum Nachahmen anstecken.

Ich danke alle Menschen, deren Geschichten ich hören durfte.

Vor allem danke ich meinem lieben Mann -

Meinem Lieblingsmenschen

Wer gute Geschichten kennt, trage sie bitte weiter.

Wir alle brauchen gute Geschichten.

Herzlichst

Martina Bohr